I0668712

LES JARDINS,

POÈME

EN QUATRE CHANTS.

LES JARDINS,

OU

L'ART D'EMBELLIR LES PAYSAGES:

POÈME.

PAR M. L'ABBÉ DE LILLE.

A PARIS,

DE L'IMPRIMERIE DE FRANÇ. AMBR. DIDOT L'AÎNÉ.

M. DCC. LXXXII.

AVERTISSEMENT.

PLUSIEURS personnes d'un grand mérite ont écrit
en prose sur les jardins. L'auteur de ce poème leur
a emprunté quelques préceptes et même quelques
descriptions. Dans plusieurs endroits il a eu le bonheur de se rencontrer avec eux ; car son poème a été
commencé avant que leurs ouvrages parussent. Il ne
dissimulera pas que c'est avec la plus grande défiance
qu'il livre à l'impression cet ouvrage trop attendu, et
sur-tout trop loué : l'indulgence extrême de ceux qui
l'ont entendu lui est un garant trop sûr de la rigueur
de ceux qui le liront.

Ce poème a d'ailleurs un très grand inconvénient,
celui d'être un poème didactique. Ce genre est néces-
sairement un peu froid, et doit le paroître encore davantage à une nation qui ne supporte guere, comme
on l'a souvent remarqué, que les vers composés pour
le théâtre, et qui sont la peinture des passions ou des
ridicules. Peu de personnes, je dirois même peu de
gens de lettres, lisent les Géorgiques de Virgile ; et
tous ceux qui connoissent la langue latine savent par
cœur le quatrieme livre de l'Énéide.

Dans le premier de ces deux poèmes, le poète paroît regretter que les bornes de son sujet ne lui permettent pas de chanter les jardins. Après avoir lutté long-temps contre les détails un peu ingrats de la culture générale des champs, il semble desirer de se reposer sur des objets plus riants : mais resserré dans les limites de son sujet, il s'en est dédommagé par une esquisse rapide et charmante des jardins, et par ce touchant épisode d'un vieillard heureux dans son petit enclos cultivé par ses mains.

Ce que le poète romain regrettoit de ne pouvoir faire, le pere Rapin l'a exécuté; il a écrit dans la langue et quelquefois dans le style de Virgile, un poème en quatre chants sur les jardins, qui eut un grand succès dans un temps où on lisoit encore des vers latins modernes. Son ouvrage n'est pas sans élégance; mais on y desireroit plus de précision et des épisodes plus heureux.

Le plan de son poème manque d'ailleurs d'intérêt et de variété. Un chant tout entier est consacré aux eaux, un aux arbres, un aux fleurs : on devine d'avance ce long catalogue et cette énumération fastidieuse qui appartient plus à un botaniste qu'à un poète; et cette marche méthodique, qui seroit un mérite dans un traité en prose, est un grand défaut dans un ouvrage en vers, où l'esprit demande qu'on le mene par des routes un peu détournées, et qu'on lui présente des objets inattendus.

De plus, il a chanté les jardins du genre régulier; et la monotonie attachée à la grande régularité a passé du sujet dans le poème. L'imagination, naturellement amie de la liberté, tantôt se promene péniblement dans les dessins contournés d'un parterre, tantôt va expirer au bout d'une longue allée droite : par-tout elle regrette la beauté un peu désordonnée et la piquante irrégularité de la nature.

Enfin il n'a traité que la partie méchanique de l'art des jardins : il a entièrement oublié la partie la plus essentielle, celle qui cherche dans nos sensations, dans nos sentiments, la source des plaisirs que nous causent les scenes champêtres et les beautés de la nature perfectionnées par l'art. En un mot ses jardins sont ceux de l'architecte; les autres sont ceux du philosophe, du peintre et du poète.

Ce genre a beaucoup gagné depuis quelques années; et si c'est encore un effet de la mode, il faut lui rendre grace. L'art des jardins, qu'on pourroit appeller le luxe de l'agriculture, me paroît un des amusements les plus convenables, je dirois presque les plus vertueux, des personnes riches. Comme culture, il les

ramene à l'innocence des occupations champêtres;
comme décoration, il favorise sans danger ce goût de
dépenses qui suit les grandes fortunes : enfin, il a, pour
cette classe d'hommes, le double avantage de tenir
à la fois aux goûts de la ville et à ceux de la campagne.

Ce plaisir des particuliers s'est trouvé joint à l'utilité publique : il a fait aimer aux personnes opulentes
le séjour de leurs terres. L'argent qui auroit entre-
tenu les artisans du luxe va nourrir les cultivateurs,
et la richesse retourne à sa véritable source. De plus,
la culture s'est enrichie d'une foule de plantes ou
d'arbres étrangers ajoutés aux productions de notre
sol, et cela vaut bien tout le marbre que nos jardins
ont perdu.

Heureux si ce poème peut répandre encore davantage ces goûts simples et purs! car, comme l'auteur de ce poème l'a dit ailleurs,

Qui fait aimer les champs, fait aimer la vertu.

LES JARDINS,

OU

L'ART D'EMBELLIR LES PAYSAGES:

POÈME.

CHANT PREMIER.

LE doux printemps revient, et ranime à la fois
Les oiseaux, les zéphyrs, et les fleurs, et ma voix.
Pour quel sujet nouveau dois-je monter ma lyre?
Ah! lorsque d'un long deuil la terre enfin respire,
Dans les champs, dans les bois, sur les monts d'alentour
Quand tout rit de bonheur, d'espérance et d'amour,
Qu'un autre ouvre aux grands noms les fastes de la gloire;
Sur un char foudroyant qu'il place la victoire;
Que la coupe d'Atrée ensanglante ses mains:
Flore a souri, ma voix va chanter les jardins;
Je dirai comment l'art, dans de frais paysages,
Dirige l'eau, les fleurs, les gazons, les ombrages.

B

Toi donc, qui, mariant la grace et la vigueur,
Sais du chant didactique animer la langueur,
O muse! si jadis, dans les vers de Lucrece,
Des austeres leçons tu polis la rudesse;
Si par toi, sans flétrir le langage des dieux,
Son rival a chanté le soc laborieux,
Viens orner un sujet plus riche, plus fertile,
Dont le charme autrefois avoit tenté Virgile :
N'empruntons point ici d'ornement étranger,   ·
Viens, de mes propres fleurs mon front va s'ombrager,
Et, comme un rayon pur colore un beau nuage,
Des couleurs du sujet je teindrai mon langage.

L'art innocent et doux que célebrent mes vers
Remonte aux plus beaux jours de l'antique univers.
Dès que l'homme eut soumis les champs à la culture,
D'un heureux coin de terre il soigna la parure,
Et plus près de ses yeux il rangea sous ses loix
Des arbres favoris et des fleurs de son choix :
Du simple Alcinoüs le luxe encor rustique
Décoroit un verger : d'un art plus magnifique
Babylone éleva des jardins dans les airs :
Quand Rome au monde entier eut envoyé des fers,

Les vainqueurs dans des parcs ornés par la victoire
Alloient calmer leur foudre et reposer leur gloire:
La Sagesse autrefois habitoit les jardins,
Et d'un air plus riant instruisoit les humains;
Et quand les dieux offroient un élysée aux sages,
Étoit-ce des palais? c'étoit de verds bocages,
C'étoit des prés fleuris, séjour des doux loisirs,
Où d'une longue paix ils goûtoient les plaisirs.

Ouvrons donc, il est temps, ma carriere nouvelle;
PHILIPPE m'encourage, et mon sujet m'appelle.

Pour embellir les champs simples dans leurs attraits,
Gardez-vous d'insulter la nature à grands frais:
Ce noble emploi demande un artiste qui pense,
Prodigue de génie, et non pas de dépense.

Moins pompeux qu'élégant, moins décoré que beau,
Un jardin à mes yeux est un vaste tableau.
Soyez peintre: les champs, leurs nuances sans nombre,
Les jets de la lumiere et les masses de l'ombre,
Les heures, les saisons variant tour-à-tour
Le cercle de l'année et le cercle du jour,
Et des prés émaillés les riches broderies,
Et des riants coteaux les vertes draperies,

Les arbres, les rochers, et les eaux, et les fleurs,
Ce sont là vos pinceaux, vos toiles, vos couleurs :
La nature est à vous; et votre main féconde
Dispose, pour créer, des éléments du monde.

    Mais avant de planter, avant que du terrein
Votre bêche imprudente ait entamé le sein,
Pour donner aux jardins une forme plus pure,
Observez, connoissez, imitez la nature.
N'avez-vous pas souvent aux lieux infréquentés
Rencontré tout-à-coup ces aspects enchantés
Qui suspendent vos pas, dont l'image chérie
Vous jette en une douce et longue rêverie?
Saisissez, s'il se peut, leurs traits les plus frappants,
Et des champs apprenez l'art de parer les champs.

    Voyez aussi les lieux qu'un goût savant décore :
Dans ces tableaux choisis vous choisirez encore,
Dans sa pompe élégante admirez Chantilli,
De héros en héros, d'âge en âge embelli :
Belœil, tout à la fois magnifique et champêtre;
Chanteloup, fier encor de l'exil de son maître,
Vous plairont tour-à-tour : tel que ce frais bouton,
Timide avant-coureur de la belle saison,

L'aimable Tivoli d'une forme nouvelle
Fit le premier en France entrevoir le modele :
Les Graces en riant dessinerent Montreuil :
Maupertuis, le Désert, Raincy, Limours, Auteuil,
Que dans vos frais sentiers doucement on s'égare !
L'ombre du grand HENRI chérit encor Navarre.

Semblable à son auguste et jeune DÉITÉ,
Trianon joint la grace avec la majesté :
Pour elle il s'embellit, et s'embellit par elle.

Et toi, d'un PRINCE AIMABLE ô l'asyle fidele !
Dont le nom trop modeste est indigne de toi,
Lieu charmant ! offre-lui tout ce que je lui doi,
Un fortuné loisir, une douce retraite.
Bienfaiteur de mes vers, ainsi que du poète,
C'est lui qui dans ce choix d'écrivains enchanteurs,
Dans ce jardin paré de poétiques fleurs,
Daigne accueillir ma muse : ainsi du sein de l'herbe
La violette croît auprès du lis superbe.
Compagnon inconnu de ces hommes fameux,
Ah ! si ma foible voix pouvoit chanter comme eux,
Je peindrois tes jardins, le dieu qui les habite,
Les arts et l'amitié qu'il y mene à sa suite.

Beau lieu, fais son bonheur! Et moi, si quelque jour,
Grace à lui, j'embellis un champêtre séjour,
De mon illustre appui j'y placerai l'image;
De mes premieres fleurs je veux qu'elle ait l'hommage:
Pour elle je cultive et j'enlace en festons
Le myrte et le laurier, tous deux chers aux Bourbons;
Et si l'ombre, la paix, la liberté m'inspire,
A l'auteur de ces dons je dévouerai ma lyre.

J'ai dit les lieux charmants que l'art peut imiter;
Mais il est des écueils que l'art doit éviter:
L'esprit imitateur trop souvent nous abuse.
Ne prêtez point au sol des beautés qu'il refuse:
Avant tout connoissez votre site, et du lieu
Adorez le génie et consultez le dieu:
Ses loix impunément ne sont pas offensées.
Cependant moins hardi qu'étrange en ses pensées,
Tous les jours dans les champs un artiste sans goût
Change, mêle, déplace, et dénature tout;
Et, par l'absurde choix des beautés qu'il allie,
Revient gâter en France un site d'Italie.

Ce que votre terrein adopte avec plaisir,
Sachez le reconnoître, osez vous en saisir:

C'est mieux que la nature, et cependant c'est elle;
C'est un tableau parfait qui n'a point de modele.
Ainsi savoient choisir les Berghems, les Poussins.
Voyez, étudiez leurs chefs-d'œuvre divins;
Et ce qu'à la campagne emprunta la peinture,
Que l'art reconnoissant le rende à la nature.

    Maintenant des terreins examinons le choix,
Et quels lieux se plairont à recevoir vos loix.
Il fut un temps funeste où, tourmentant la terre,
Aux sites les plus beaux l'art déclaroit la guerre;
Et, comblant les vallons et rasant les coteaux,
D'un sol heureux formoit d'insipides plateaux.
Par un contraire abus l'art, tyran des campagnes,
Aujourd'hui veut créer des vallons, des montagnes.
Évitez ces excès: vos soins infructueux
Vainement combattroient un terrein montueux;
Et dans un sol égal un humble monticule
Veut être pittoresque, et n'est que ridicule.

    Desirez-vous un lieu propice à vos travaux?
Loin des champs trop unis, des monts trop inégaux,
J'aimerois ces hauteurs où sans orgueil domine
Sur un riche vallon une belle colliñe.

Là le terrein est doux sans insipidité,
Élevé sans roideur, sec sans aridité :
Vous marchez; l'horizon vous obéit, la terre
S'élève ou redescend, s'étend ou se resserre :
Vos sites, vos plaisirs, changent à chaque pas.

    Qu'un obscur arpenteur, armé de son compas,
Au fond d'un cabinet, d'un jardin symmétrique
Confie au froid papier le plan géométrique ;
Vous, venez sur les lieux : là, le crayon en main,
Dessinez ces aspects, ces coteaux, ce lointain ;
Devinez les moyens, pressentez les obstacles :
C'est des difficultés que naissent les miracles.

    Le sol le plus ingrat connoîtra la beauté.
Est-il nu? que des bois parent sa nudité :
Couvert? portez la hache en ces forêts profondes :
Humide? en lacs pompeux, en rivieres fécondes,
Changez cette onde impure; et, par d'heureux travaux,
Corrigez à la fois l'air, la terre et les eaux :
Aride enfin? cherchez, sondez, fouillez encore;
L'eau lente à se trahir peut-être est près d'éclore.
Ainsi d'un long effort moi-même rebuté,
Quand j'ai d'un froid détail maudit l'aridité,

Soudain un trait heureux jaillit d'un fonds stérile,
Et mon vers ranimé coule enfin plus facile.

Il est des soins plus doux, un art plus enchanteur :
C'est peu de charmer l'œil, il faut parler au cœur.
Avez-vous donc connu ces rapports invisibles
Des corps inanimés et des êtres sensibles ?
Avez-vous entendu des eaux, des prés, des bois
La muette éloquence et la secrete voix ?
Rendez-nous ces effets : que du riant au sombre,
Du noble au gracieux les passages sans nombre
M'intéressent toujours : simple et grand, fort et doux,
Unissez tous les tons pour plaire à tous les goûts ;
Là, que le peintre vienne enrichir sa palette ;
Que l'inspiration y trouble le poète ;
Que le sage, du calme y goûte les douceurs ;
L'heureux, ses souvenirs ; le malheureux, ses pleurs.

Mais l'audace est commune, et le bon sens est rare :
Au lieu d'être piquant, souvent on est bizarre.
Gardez que, mal unis, ces effets différents
Ne forment qu'un chaos de traits incohérents :
Les contradictions ne sont pas des contrastes.
D'ailleurs, à ces tableaux il faut des toiles vastes :

C

N'allez pas resserrer dans des cadres étroits
Des rivieres, des lacs, des montagnes, des bois.
On rit de ces jardins, absurde parodie
Des traits que jette en grand la nature hardie,
Où l'art, invraisemblable à la fois et grossier,
Enferme en un arpent un pays tout entier.

Au lieu de cet amas, de ce confus mélange,
Variez les objets, ou que leur aspect change :
Rapprochés, éloignés, entrevus, découverts,
Qu'ils offrent tour-à-tour vingt spectacles divers ;
Que de l'effet qui suit l'adroite incertitude
Laisse à l'œil curieux sa douce inquiétude ;
Qu'enfin les ornements avec choix soient placés,
Jamais trop imprévus, jamais trop annoncés.

Sur-tout du mouvement : sans lui, sans sa magie,
L'esprit désoccupé retombe en léthargie ;
Sans lui sur vos champs froids mon œil glisse au hasard.
Des grands peintres encor faut-il attester l'art?
Voyez-les prodiguer de leur pinceau fertile
De mobiles objets sur la toile immobile,
L'onde qui fuit, le vent qui courbe les rameaux,
Les globes de fumée exhalés des hameaux,

Les troupeaux, les pasteurs, et leurs jeux, et leur danse.
Saisissez leur secret : plantez en abondance
Ces souples arbrisseaux et ces arbres mouvants
Dont la tête obéit à l'haleine des vents ;
Quels qu'ils soient, respectez leur flottante verdure,
Et défendez au fer d'outrager la nature.
Voyez-la dessiner ces chênes, ces ormeaux ;
Voyez comment sa main, du tronc jusqu'aux rameaux,
Des rameaux au feuillage augmentant leur souplesse,
Des ondulations leur donna la mollesse.
Mais les ciseaux cruels..... Prévenez ce forfait,
Nymphes des bois, courez. Que dis-je ! c'en est fait ;
L'acier a retranché leur cime verdoyante :
Je n'entends plus au loin, sur leur tête ondoyante,
Le rapide aquilon légèrement courir,
Frémir dans leurs rameaux, s'éloigner et mourir ;
Froids, monotones, morts, du fer qui les mutile
Ils semblent avoir pris la roideur immobile.
     Vous donc, dans vos tableaux, amis du mouvement,
A vos arbres laissez leur doux balancement.
Qu'en mobiles objets la perspective abonde :
Faites courir, bondir et rejaillir cette onde.

Vous voyez ces vallons, ces bois, ces champs déserts;
Des différents troupeaux dans les sites divers
Envoyez, répandez les peuplades nombreuses.
Là, du sommet lointain des roches buissonneuses,
Je vois la chevre pendre; ici, de mille agneaux
L'écho porte les cris de coteaux en coteaux :
Dans ces prés abreuvés des eaux de la colline,
Couché sur ses genoux le bœuf pesant rumine;
Tandis qu'impétueux, fier, inquiet, ardent,
Cet animal guerrier qu'enfanta le trident
Déploie en se jouant dans un gras pâturage
Sa vigueur indomtée et sa grace sauvage.
Que j'aime et sa souplesse et son port animé,
Soit que dans le courant du fleuve accoutumé
En frissonnant il plonge, et, luttant contre l'onde,
Batte du pied le flot qui blanchit et qui gronde;
Soit qu'à travers les prés il s'échappe par bonds;
Soit que livrant aux vents ses longs crins vagabonds,
Superbe, l'œil en feu, les narines fumantes,
Beau d'orgueil et d'amour, il vole à ses amantes!
Quand je ne le vois plus, mon œil le suit encor.

Ainsi de la nature épuisant le trésor,

Le terrein, les aspects, les eaux et les ombrages
Donnent le mouvement, la vie aux paysages.
    Mais si du mouvement notre œil est enchanté,
Il ne chérit pas moins un air de liberté.
Laissez donc des jardins la limite indécise,
Et que votre art l'efface, ou du moins la déguise :
Où l'œil n'espere plus, le charme disparoît.
Aux bornes d'un beau lieu nous touchons à regret;
Bientôt il nous ennuie, et même nous irrite :
Au-delà de ces murs, importune limite,
On imagine encor de plus aimables lieux,
Et l'esprit inquiet désenchante les yeux.
Quand toujours guerroyant vos gothiques ancêtres
Transformoient en champ clos leurs asyles champêtres,
Chacun dans son donjon, de murs environné,
Pour vivre sûrement, vivoit emprisonné.
Mais que fait aujourd'hui cette ennuyeuse enceinte
Que conserve l'orgueil, et qu'inventa la crainte?
A ces murs qui gênoient, attristoient les regards,
Le goût préféreroit ces verdoyants remparts,
Ces murs tissus d'épine, où votre main tremblante
Cueille et la rose inculte et la mûre sanglante.

Mais les jardins bornés m'importunent encor.
Loin de ce cercle étroit prenons enfin l'essor
Vers un genre plus vaste et des formes plus belles,
Dont seul Ermenonville offre encor des modeles.
Les jardins appelloient les champs dans leur séjour,
Les jardins dans les champs vont entrer à leur tour.
Du haut de ces coteaux, de ces monts d'où la vue
D'un vaste paysage embrasse l'étendue,
La nature au génie a dit : Écoute-moi :
Tu vois tous ces trésors ; ces trésors sont à toi :
Dans leur pompe sauvage et leur brute richesse,
Mes travaux imparfaits implorent ton adresse.
Elle dit. Il s'élance, il va de tous côtés
Fouiller dans cette masse où dorment cent beautés.
Des vallons aux coteaux, des bois à la prairie,
Il retouche en passant le tableau qui varie ;
Il sait au gré des yeux réunir, détacher,
Éclairer, rembrunir, découvrir ou cacher :
Il ne compose pas, il corrige, il épure,
Il acheve les traits qu'ébaucha la nature ;
Le front des noirs rochers a perdu sa terreur ;
La forêt égayée adoucit son horreur ;

Un ruisseau s'égaroit, il dirige sa course;
Il s'empare d'un lac, s'enrichit d'une source:
Il veut; et des sentiers courent de toutes parts
Chercher, saisir, lier tous ces membres épars,
Qui, surpris, enchantés du nœud qui les rassemble,
Forment de cent détails un magnifique ensemble.

Ces grands travaux peut-être épouvántent votre art:
Rentrez dans nos vieux parcs, et voyez d'un regard
Ces riens dispendieux, ces recherches frivoles,
Ces treillages sculptés, ces bassins, ces rigoles.
Avec bien moins de frais qu'un art minutieux
N'orna ce seul réduit qui plaît un jour aux yeux,
Vous allez embellir un paysage immense.
Tombez devant cet art, fausse magnificence;
Et qu'un jour, transformée en un nouvel Éden,
La France à nos regards offre un vaste jardin!

Que si vous n'osez pas tenter cette carriere,
Du moins, de vos enclos franchissant la barriere,
Par de riches aspects agrandissez les lieux:
D'un vallon, d'un coteau, d'un lointain gracieux
Ajoutez à vos parcs l'étrangere étendue;
Possédez par les yeux, jouissez par la vue.

Sur-tout sachez saisir, enchaîner à vos plans
Ces accidents heureux qui distinguent les champs :
Ici, c'est un hameau que des bois environnent;
Là, de leurs longues tours les cités se couronnent,
Et l'ardoise azurée, au loin frappant les yeux,
Court en sommet aigu se perdre dans les cieux.

Oublierai-je ce fleuve, et son cours, et ses rives?
Votre œil de loin poursuit les voiles fugitives :
Des isles quelquefois s'élevent de son sein;
Quelquefois il s'enfuit sous l'arc d'un pont lointain.

Et si la vaste mer à vos yeux se présente,
Montrez, mais variez cette scene imposante :
Ici, qu'on l'entrevoie à travers des rameaux;
Là, dans l'enfoncement de ces profonds berceaux,
Comme au bout d'un long tube une voûte la montre;
Au détour d'un bosquet ici l'œil la rencontre,
La perd encore; enfin la vue en liberté
Tout-à-coup la découvre en son immensité.

Sur ces aspects divers fixez l'œil qui s'égare,
Mais, il faut l'avouer, c'est d'une main avare
Que les hommes, les arts, la nature et le temps
Sement autour de nous de riches accidents,

O plaines de la Grece! ô champs de l'Ausonie!
Lieux toujours inspirants, toujours chers au génie!
Que de fois, arrêté dans un bel horizon,
Le peintre voit, s'enflamme, et saisit son crayon,
Dessine ces lointains, et ces mers, et ces isles,
Ces ports, ces monts brûlants et devenus fertiles,
Des laves de ces monts encor tout menaçants,
Sur des palais détruits d'autres palais naissants,
Et, dans ce long tourment de la terre et de l'onde,
Un nouveau monde éclos des débris du vieux monde!
Hélas! je n'ai point vu ce séjour enchanté,
Ces beaux lieux où Virgile a tant de fois chanté!
Mais, j'en jure et Virgile et ses accords sublimes,
J'irai; de l'Apennin je franchirai les cimes;
J'irai, plein de son nom, plein de ses vers sacrés,
Les lire aux mêmes lieux qui les ont inspirés.

Vous, épris des beautés qu'étalent ces rivages,
Au lieu de ces aspects, de ces grands paysages,
N'avez-vous au-dehors que d'insipides champs?
Qu'au-dedans, des objets mieux choisis, plus touchants,
Dédommagent vos yeux d'une vue étrangere:
Dans votre propre enceinte apprenez à vous plaire;

D

Symbole heureux du sage, indépendant d'autrui,
Qui rentre dans son ame, et se plaît avec lui.
Je m'enfonce avec vous dans ce secret asyle.

Toutefois aux lieux même où le sol plus fertile
En aspects variés est le plus abondant,
Des trésors de la vue économe prudent,
Faites-les acheter d'une course légere;
Que votre art les promette, et que l'œil les espere :
Promettre, c'est donner; espérer, c'est jouir.
Il faut m'intéresser, et non pas m'éblouir.

Dans mes leçons encor je voudrois vous apprendre
L'art d'avertir les yeux, et l'art de les surprendre.

Mais avant de dicter des préceptes nouveaux,
Deux genres, dès long-temps ambitieux rivaux,
Se disputent nos vœux. L'un à nos yeux présente
D'un dessin régulier l'ordonnance imposante,
Prête aux champs des beautés qu'ils ne connoissoient pas,
D'une pompe étrangere embellit leurs appas,
Donne aux arbres des loix, aux ondes des entraves,
Et, despote orgueilleux, brille entouré d'esclaves;
Son air est moins riant et plus majestueux.

L'autre, de la nature amant respectueux,

L'orne sans la farder, traite avec indulgence
Ses caprices charmants, sa noble négligence,
Sa marche irréguliere, et fait naître avec art
Les beautés, du désordre, et même du hasard.

    Chacun d'eux a ses droits; n'excluons l'un ni l'autre :
Je ne décide point entre Kent et Le Nostre.
Ainsi que leurs beautés, tous les deux ont leurs loix;
L'un est fait pour briller chez les grands et les rois :
Les rois sont condamnés à la magnificence;
On attend autour d'eux l'effort de la puissance;
On y veut admirer, enivrer ses regards
Des prodiges du luxe et du faste des arts.
L'art peut donc subjuguer la nature rebelle;
Mais c'est toujours en grand qu'il doit triompher d'elle.
Son éclat fait ses droits : c'est un usurpateur
Qui doit obtenir grace à force de grandeur.
Loin donc ces froids jardins, colifichet champêtre,
Insipides réduits, dont l'insipide maître
Vous vante en s'admirant ses arbres bien peignés,
Ses petits salons verds bien tondus, bien soignés;
Son plant bien symmétrique, où, jamais solitaire,
Chaque allée a sa sœur, chaque berceau son frere;

Ses sentiers ennuyés d'obéir au cordeau,
Son parterre brodé, son maigre filet d'eau,
Ses buis tournés en globe, en pyramide, en vase,
Et ses petits bergers bien guindés sur leur base !
Laissez-le s'applaudir de son luxe mesquin ;
Je préfere un champ brut à son triste jardin.

    Loin de ces vains apprêts, de ces petits prodiges,
Venez, suivez mon vol au pays des prestiges,
A ce pompeux Versaille, à ce riant Marly,
Que L o u i s, la nature et l'art ont embelli.
C'est là que tout est grand, que l'art n'est point timide ;
Là, tout est enchanté ; c'est le palais d'Armide ;
C'est le jardin d'Alcine, ou plutôt d'un héros
Noble dans sa retraite, et grand dans son repos,
Qui cherche encor à vaincre, à domter des obstacles,
Et ne marche jamais qu'entouré de miracles.
Voyez-vous et les eaux et la terre et les bois,
Subjugués à leur tour, obéir à ses loix ;
A ces douze palais d'élégante structure
Ces arbres marier leur verte architecture ;
Ces bronzes respirer ; ces fleuves suspendus,
En gros bouillons d'écume à grand bruit descendus,

Tomber, se prolonger dans des canaux superbes,
Là, s'épancher en nappe, ici, monter en gerbes,
Et, dans l'air s'enflammant aux feux d'un soleil pur,
Pleuvoir en gouttes d'or, d'émeraude et d'azur?
Si j'égare mes pas dans ces bocages sombres,
Des Faunes, des Sylvains en ont peuplé les ombres,
Et Diane et Vénus enchantent ce beau lieu :
Tout bosquet est un temple, et tout marbre est un dieu ;
Et Louis, respirant du fracas des conquêtes,
Semble avoir invité tout l'Olympe à ses fêtes.
C'est dans ces grands effets que l'art doit se montrer.
      Mais l'esprit aisément se lasse d'admirer :
J'applaudis l'orateur dont les nobles pensées
Roulent pompeusement, avec soin cadencées ;
Mais ce plaisir est court : je quitte l'orateur
Pour chercher un ami qui me parle du cœur.
Du marbre, de l'airain que le luxe prodigue,
Des ornements de l'art l'œil bientôt se fatigue :
Mais les bois, mais les eaux, mais les ombrages frais,
Tout ce luxe innocent ne fatigue jamais.
      Aimez donc des jardins la beauté naturelle.
Dieu lui-même aux mortels en traça le modele.

Regardez dans Milton : quand ses puissantes mains
Préparent un asyle aux premiers des humains,
Le voyez-vous tracer des routes régulieres,
Contraindre dans leur cours les ondes prisonnieres?
Le voyez-vous parer d'étrangers ornements
L'enfance de la terre et son premier printemps?
Sans contrainte, sans art, de ses douces prémices
La nature épuisa les plus pures délices.
Des plaines, des coteaux le mélange charmant,
Les ondes à leur choix errantes mollement,
Des sentiers sinueux les routes indécises,
Le désordre enchanteur, les piquantes surprises,
Des aspects où les yeux hésitoient à choisir,
Varioient, suspendoient, prolongeoient leur plaisir.
Sur l'émail velouté d'une fraîche verdure,
Mille arbres, de ces lieux ondoyante parure,
Charme de l'odorat, du goût et des regards,
Élégamment grouppés, négligemment épars,
Se fuyoient, s'approchoient; quelquefois à leur vue
Ouvroient dans le lointain une scene imprévue;
Ou, tombant jusqu'à terre, et recourbant leurs bras,
Venoient d'un doux obstacle embarrasser leurs pas;

Ou pendoient sur leur tête en festons de verdure,
Et de fleurs en passant semoient leur chevelure.
Dirai-je ces forêts d'arbustes, d'arbrisseaux,
Entrelaçant en voûte, en alcove, en berceaux
Leurs bras voluptueux et leurs tiges fleuries?

    C'est là que, les yeux pleins de tendres rêveries,
Eve à son jeune époux abandonna sa main,
Et rougit comme l'aube aux portes du matin.
Tout les félicitoit dans toute la nature,
Le ciel par son éclat, l'onde par son murmure;
La terre en tressaillant ressentit leurs plaisirs;
Zéphyre aux antres verds redisoit leurs soupirs;
Les arbres frémissoient; et la rose inclinée
Versoit tous ses parfums sur le lit d'hyménée.

    O bonheur ineffable! ô fortunés époux!
Heureux dans ses jardins, heureux qui comme vous
Vivroit loin des tourments où l'orgueil est en proie,
Riche de fruits, de fleurs, d'innocence et de joie!

F I N   D U   P R E M I E R   C H A N T.

LES JARDINS,

CHANT SECOND.

LES JARDINS.

CHANT SECOND.

Oh! si j'avois ce luth dont le charme autrefois
Entraînoit sur l'Hémus les rochers et les bois!
Je le ferois parler; et sur les paysages
Les arbres tout-à-coup déploieroient leurs ombrages:
Le chêne, le tilleul, le cedre et l'oranger
En cadence viendroient dans mes champs se ranger.
Mais l'antique harmonie a perdu ses merveilles:
La lyre est sans pouvoir, les rochers sans oreilles;
L'arbre reste immobile aux sons les plus flatteurs,
Et l'art et le travail sont les seuls enchanteurs.

Apprenez donc de l'art quel soin et quelle adresse
Donne aux arbres divers la grace ou la richesse.

Par ses fruits, par ses fleurs, par son beau vêtement,
L'arbre est de nos jardins le plus bel ornement.
Pour mieux plaire à nos yeux combien il prend de formes!
Là s'étendent ses bras pompeusement informes;

Sa tige ailleurs s'élance avec légèreté ;
Ici j'aime sa grace, et là sa majesté :
Il tremble au moindre souffle, ou contre la tempête
Roidit son tronc noueux et sa robuste tête :
Rude ou poli, baissant ou dressant ses rameaux,
Véritable Protée entre les végétaux,
Il change à chaque instant, pour orner la nature,
Sa taille, sa couleur, ses fruits et sa verdure.

    Ces effets variés sont les trésors de l'art,
Que le goût lui défend d'employer au hasard.

    Des divers plants encor la forme et l'étendue
Sous des aspects divers se présente à la vue :
Tantôt un bois profond, sauvage, ténébreux,
Épanche une ombre immense ; et tantôt, moins nombreux,
Un plant d'arbres choisis forme un riant bocage :
Plus loin, distribués dans un frais paysage,
Des grouppes élégants fixent l'œil enchanté :
Ailleurs, se confiant à sa propre beauté,
Un arbre seul se montre, et seul orne la terre.
Tels, si la paix des champs peut rappeller la guerre,
Une nombreuse armée étale à nos regards
Des bataillons épais, des pelotons épars ;

Et là, fier de sa force et de sa renommée,
Un héros seul avance, et vaut seul une armée.
Tous ces plants différents suivent diverses loix.
    Dans les jardins de l'art notre luxe autrefois
Des arbres isolés dédaignoit la parure :
Ils plaisent aujourd'hui dans ceux de la nature.
Par un caprice heureux, par de savants hasards,
Leurs plants désordonnés charmeront nos regards.
Qu'ils different d'aspect, de forme, de distance ;
Que toujours la grandeur ou du moins l'élégance
Distingue chaque tige, ou que l'arbre honteux
Se cache dans la foule, et disparoisse aux yeux :
Mais, lorsqu'un chêne antique, ou lorsqu'un vieil érable,
Patriarche des bois, leve un front vénérable,
Que toute sa tribu, se rangeant à l'entour,
S'écarte avec respect, et compose sa cour :
Ainsi l'arbre isolé plaît aux champs qu'il décore.
    Avec bien plus de choix et plus de goût encore,
Les grouppes formeront mille tableaux heureux.
D'arbres plus ou moins forts, et plus ou moins nombreux,
Formez leur masse épaisse, ou leurs touffes légeres :
De loin l'œil aime à voir tout ce peuple de freres.

C'est par eux que l'on peut varier ses dessins,
Rapprocher et tantôt repousser les lointains,
Réunir, séparer, et sur les paysages
Étendre ou replier le rideau des ombrages.

    Vos grouppes sont formés; il est temps que ma voix
A connoître un peu d'art accoutume les bois.

    Bois augustes, salut! vos voûtes poétiques
N'entendent plus le Barde et ses affreux cantiques;
Mais un plus doux délire habite vos déserts,
Et vos antres encor nous instruisent en vers :
Vous inspirez les miens, ombres majestueuses!
Souffrez donc qu'aujourd'hui mes mains respectueuses
Viennent vous embellir, mais sans vous profaner :
C'est de vous que je veux apprendre à vous orner.

    Les bois peuvent s'offrir sous des aspects sans nombre.
Ici, des troncs pressés rembruniront leur ombre;
Là, de quelques rayons égayant ce séjour,
Formez un doux combat de la nuit et du jour :
Plus loin, marquant le sol de leurs feuilles légeres,
Quelques arbres épars joueront dans les clairieres,
Et, flottant l'un vers l'autre et n'osant se toucher,
Paroîtront à la fois se fuir et se chercher :

Ainsi le bois par vous perd sa rudesse austere.
Mais n'en détruisez pas le grave caractere :
De détails trop fréquents, d'objets minutieux
N'allez pas découper son ensemble à nos yeux :
Qu'il soit un, simple et grand ; et que votre art lui laisse
Avec toute sa pompe un peu de sa rudesse.
Montrez ces troncs brisés ; je veux des noirs torrents,
Dans le creux des ravins, suivre les flots errants ;
Du temps, des eaux, de l'air n'effacez point la trace ;
De ces rochers pendants respectez la menace ;
Et qu'enfin, dans ces lieux empreints de majesté,
Tout respire une mâle et sauvage beauté.
Telle on aime d'un bois la rustique noblesse.

Le bocage, moins fier, avec plus de mollesse
Déploie à nos regards des tableaux plus riants,
Veut un site agréable et des contours liants,
Fuit, revient et s'égare en routes sinueuses,
Promene entre des fleurs des eaux voluptueuses :
Et j'y crois voir encore, ivre d'un doux loisir,
Épicure dicter les leçons du plaisir.

Mais c'est peu qu'en leur sein le bois ou le bocage
Renferment leur richesse élégante ou sauvage ;

Il en faut avec soin embellir les dehors.

Avant tout, n'allez point, symmétrisant leurs bords,

Par vos murs de verdure et vos tristes charmilles

Nous cacher des forêts les nombreuses familles.

Je veux les voir : je veux, perçant au fond des bois,

Voir ces arbres divers qui croissent à la fois ;

Les uns tout vigoureux et tout frais de jeunesse ;

D'autres tout décrépits, tout noueux de vieillesse ;

Ceux-ci rampants ; ceux-là, fiers tyrans des forêts,

Des tributs de la seve épuisant leurs sujets :

Vaste scene, où des mœurs, de la vie et des âges

L'esprit avec plaisir reconnoît les images.

　　Près de ces grands effets, que sont ces verds remparts

Dont la forme importune attriste les regards ?

Forme toujours la même, et jamais imprévue.

Riche Variété, délices de la vue,

Accours, viens rompre enfin l'insipide niveau,

Brise la triste équerre et l'ennuyeux cordeau.

　　Par un mélange heureux de golfes, de saillies,

Les lisieres des bois veulent être embellies.

L'œil, qui des plants tracés par l'uniformité

Se dégoûte, et s'élance à leur extrémité,

Se plaît à parcourir, dans sa vaste étendue,
De ses bords variés la forme inattendue;
Il s'égare, il se joue en ses replis nombreux;
Tour-à-tour il s'enfonce, il ressort avec eux;
Sur les tableaux divers que leur chaîne compose,
De distance en distance avec plaisir repose:
Le bois s'en agrandit, et, dans ses longs retours,
Varie à chaque pas son charme et ses détours.

Dessinez donc sa forme; et d'abord qu'on choisisse
Les arbres dont le goût prescrit le sacrifice:
Mais ne vous hâtez point; condamnez à regret.
Avant d'exécuter un rigoureux arrêt,
Ah! songez que du temps ils sont le lent ouvrage;
Que tout votre or ne peut racheter leur ombrage;
Que de leur frais abri vous goûtiez la douceur.

Quelquefois cependant un ingrat possesseur,
Sans besoin, sans remords, les livre à la cognée.
Renversés sur le sein de la terre indignée,
Ils meurent: de ces lieux s'exilent pour toujours
La douce rêverie et les discrets amours.
Ah! par ces bois sacrés dont le feuillage sombre
Aux danses du hameau prêta souvent son ombre!

F

Par ces dômes touffus qui couvroient vos aïeux!
Profanes, respectez ces troncs religieux;
Et quand l'âge leur laisse une tige robuste,
Gardez-vous d'attenter à leur vieillesse auguste.
Trop tôt le jour viendra que ces bois languissants,
Pour céder leur empire à de plus jeunes plants,
Tomberont sous le fer, et de leur tête altiere
Verront l'antique honneur flétri dans la poussiere.

 O Versaille! ô regrets! ô bosquets ravissants,
Chef-d'œuvre d'un grand Roi, de Le Nostre et des ans!
La hache est à vos pieds, et votre heure est venue!
Ces arbres dont l'orgueil s'élançoit dans la nue,
Frappés dans leur racine, et balançant dans l'air
Leurs superbes sommets ébranlés par le fer,
Tombent, et de leur tronc jonchent au loin ces routes
Sur qui leurs bras pompeux s'arrondissoient en voûtes.
Ils sont détruits ces bois dont le front glorieux
Ombrageoit de Louis le front victorieux;
Ces bois où, célébrant de plus douces conquêtes,
Les arts voluptueux multiplioient les fêtes!
Amour! qu'est devenu cet asyle enchanté
Qui vit de Montespan soupirer la fierté?

Qu'est devenu l'ombrage où, si belle et si tendre,
A son amant surpris et charmé de l'entendre
La Valliere apprenoit le secret de son cœur,
Et, sans se croire aimée, avouoit son vainqueur?
Tout périt, tout succombe : au bruit de ce ravage
Voyez-vous point s'enfuir les hôtes du bocage?
Tout ce peuple d'oiseaux, fiers d'habiter ces bois,
Qui chantoient leurs amours dans l'asyle des rois,
S'exilent à regret de leurs berceaux antiques.
Cés dieux, dont le ciseau peupla ces verds portiques,
D'un voile de verdure autrefois habillés,
Tout honteux aujourd'hui de se voir dépouillés,
Pleurent leur doux ombrage; et, redoutant la vue,
Vénus même une fois s'étonna d'être nue.
Croissez, hâtez votre ombre, et repeuplez ces champs,
Vous, jeunes arbrisseaux. Et vous, arbres mourants,
Consolez-vous; témoins de la foiblesse humaine,
Vous avez vu périr et Corneille et Turenne;
Vous comptez cent printemps; hélas! et nos beaux jours
S'envolent les premiers, s'envolent pour toujours!

    Heureux donc qui jouit d'un bois formé par l'âge!
Mais trop heureux aussi qui créa son bocage!

Ces arbres dont le temps prépare la beauté,
Il dit, comme Cyrus : C'est moi qui les plantai.

Vous donc, si de vos plans vous êtes maître encore,
Craignez qu'avant le temps ils se pressent d'éclore.
Tel qu'un peintre, arrêtant ses indiscrets pinceaux,
Long-temps dans sa pensée ébauche ses tableaux :
Ainsi de vos dessins méditez l'ordonnance;
Des sites, des aspects connoissez la puissance,
Et le charme des bois aux coteaux suspendus,
Et la pompe des bois dans la plaine étendus.

Ainsi que les couleurs et les formes amies,
Connoissez les couleurs, les formes ennemies :
Le frêne aux longs rameaux dans les airs élancés
Repousseroit le saule aux longs rameaux baissés;
Le verd du peuplier combat celui du chêne :
Mais l'art industrieux peut adoucir leur haine;
Et, de leur union médiateur heureux,
Un arbre mitoyen les concilie entre eux.
Ainsi, par une teinte avec art assortie,
Vernet de deux couleurs éteint l'antipathie.

Connoissez donc l'emploi de ces différents verds,
Brillants ou sans éclat, plus foncés ou plus clairs :

C'est par ces tons changeants qu'au sein des paysages
Vous pouvez avec choix varier les ombrages,
Produire des effets tantôt doux, tantôt forts,
Des contrastes frappants ou de moelleux accords.
Observez-les sur-tout lorsque la pâle automne
Près de la voir flétrie embellit sa couronne :
Que de variété! que de pompe et d'éclat!
Le pourpre, l'orangé, l'opale, l'incarnat,
De leurs riches couleurs étalent l'abondance.
　　Hélas! tout cet éclat marque leur décadence!
Tel est le sort commun : bientôt les aquilons
Des dépouilles des bois vont joncher les vallons.
De moment en moment la feuille sur la terre
En tombant interrompt le rêveur solitaire.
Mais ces ruines même ont pour moi des attraits :
Là, si mon cœur nourrit quelques profonds regrets,
Si quelque souvenir vient rouvrir ma blessure,
J'aime à mêler mon deuil au deuil de la nature ;
De ces bois desséchés, de ces rameaux flétris,
Seul, errant, je me plais à fouler les débris.
Ils sont passés les jours d'ivresse et de folie!
Viens, je me livre à toi, douce mélancolie ;

Viens, non le front chargé des nuages affreux
Dont marche enveloppé le chagrin ténébreux,
Mais l'œil demi-voilé, mais telle qu'en automne
Au travers des vapeurs un jour plus doux rayonne;
Viens, le regard pensif, le front calme, et les yeux
Tout prêts à s'humecter de pleurs délicieux.
    Mais tandis que mon cœur nourrit ces rêveries,
D'arbustes, d'arbrisseaux mille races fleuries
M'appellent à leur tour. Venez, peuple enchanteur,
Vous êtes la nuance entre l'arbre et la fleur;
De vos traits délicats venez orner la scene.
Oh! que si, moins pressé du sujet qui m'entraîne,
Vers le but qui m'attend je ne hâtois mes pas,
Que j'aurois de plaisir à diriger vos bras!
Je vous reproduirois sous cent formes fécondes;
Ma main sous vos berceaux feroit rouler les ondes;
En dômes, en lambris j'unirois vos rameaux;
Mollement enlacés autour de ces ormeaux,
Vos bras serpenteroient sur leur robuste écorce,
Emblême de la grace unie avec la force:
Je fondrois vos couleurs; et, du blanc le plus pur,
Du plus tendre incarnat jusqu'au plus sombre azur,

De l'œil rassasié variant les délices,
Vos panaches, vos fleurs, vos boules, vos calices,
A l'envi s'uniroient dans mes brillants travaux,
Et Van-Huysum lui-même envieroit mes tableaux.

    Mais vous à qui le ciel prodigua leur richesse,
Ménagez avec art leur pompe enchanteresse :
Partagez aux saisons leurs brillantes faveurs;
Que chacun, apportant ses parfums, ses couleurs,
Reparoisse à son tour, et qu'au front de l'année
Sa guirlande de fleurs ne soit jamais fanée.
Ainsi votre jardin varie avec le temps :
Tout mois a ses bosquets, tout bosquet son printemps;
Printemps bientôt flétri! toutefois votre adresse
Peut consoler encor de sa courte richesse.
Que par des soins prudents tous ces arbres plantés,
Quand ils seront sans fleurs, ne soient pas sans beautés.
Ainsi l'adroite Églé, prolongeant son empire,
Au déclin des beaux ans sait encor nous séduire.

    Le ciel même, malgré l'inclémence de l'air,
N'a pas de tous ses dons déshérité l'hiver.
Alors, des vents jaloux défiant les outrages,
Plusieurs arbres encor retiennent leurs feuillages :

Voyez l'if, et le lierre, et le pin résineux,
Le houx luisant armé de ses dards épineux,
Et du laurier divin l'immortelle verdure
Dédommager la terre, et venger la nature;
Voyez leurs fruits de pourpre et leurs glands de corail
Au verd de leurs rameaux mêler un vif émail.
Au milieu des champs nus leur parure m'enchante,
Et, plus inespérée, en paroît plus touchante.
De vos jardins d'hiver qu'ils ornent le séjour:
Là, vous venez saisir les rayons d'un beau jour;
Là, l'oiseau, quand la terre ailleurs est dépouillée,
Vole et s'égaie encor sous la verte feuillée,
Et, trompé par les lieux, ne connoît plus les temps,
Croit revoir les beaux jours, et chante le printemps.
Ainsi ce doux réduit plaît sans être factice.
    Mais les jardins des rois avec plus d'artifice,
Avec plus d'appareil triomphent des hivers.
J'en atteste, ô Mouceaux, tes jardins toujours verds:
Là, des arbres absents les tiges imitées,
Les magiques berceaux, les grottes enchantées,
Tout vous charme à la fois: là, bravant les saisons,
La rose apprend à naître au milieu des glaçons,

Et les temps, les climats, vaincus par des prodiges,
Semblent de la féerie épuiser les prestiges.

    Mais l'art, et la féerie et ses enchantements,
Ne sont pas des jardins les plus doux ornements;
L'habitude bientôt a flétri vos bocages:
Souvent quand l'étranger jouit de vos ombrages,
Déjà leur possesseur languit sans intérêt.
N'est-il pas des moyens dont le charme secret
Vous rende leur beauté toujours plus attachante?
Oh! combien des Lappons l'usage heureux m'enchante!
Qu'ils savent bien tromper leurs hivers rigoureux!
Nos superbes tilleuls, nos ormeaux vigoureux,
De ces champs ennemis redoutent la froidure;
De quelques noirs sapins l'indigente verdure
Par intervalle à peine y perce les frimas:
Mais le moindre arbrisseau qu'épargnent ces climats
Par des charmes plus doux à leurs regards sait plaire;
Planté pour un ami, pour un fils, pour un pere,
Pour un hôte qui part emportant leurs regrets,
Il en reçoit le nom, le nom cher à jamais.

    Vous dont un ciel plus pur éclaire la patrie,
Vous pouvez imiter cette heureuse industrie;

G

Elle animera tout : vos arbres, vos bosquets
Dès-lors ne seront plus ni déserts ni muets ;
Ils seront habités de souvenirs sans nombre,
Et vos amis absents embelliront leur ombre.

 Qui vous empêche encor, quand les bontés des dieux
D'un enfant desiré comblent enfin vos vœux,
De consacrer ce jour par les tiges naissantes
D'un bocage, d'un bois?... Mais tandis que tu chantes,
Muse, quels cris dans l'air s'élancent à la fois,
Il est né, l'héritier du sceptre de nos rois !
Il est né ! Dans nos murs, dans nos camps, sur les ondes,
Nos foudres triomphants l'annoncent aux deux mondes.
Pour parer son berceau c'est trop peu que des fleurs ;
Apportez les lauriers, les palmes des vainqueurs ;
Qu'à ses premiers regards brillent des jours de gloire ;
Qu'il entende en naissant l'hymne de la victoire :
C'est la fête qu'on doit au pur sang de Bourbon.

 Et toi par qui le ciel nous fit cet heureux don,
Toi qui, le plus beau nœud, la chaîne la plus chere
Des Germains, des François, d'un époux et d'un frere,
Les unis, comme on voit de deux pompeux ormeaux
Une guirlande en fleurs enchaîner les rameaux,

Sœur, mere, épouse auguste, enfin la destinée
Joint au deuil du trépas les fruits de l'hyménée,
Et mêlant dans tes yeux les larmes et les ris,
Quand tu perds une mere, elle te donne un fils.
D'autres, dans les transports que ce beau jour inspire,
Animeront la toile, ou le marbre, ou la lyre;
Moi, l'humble ami des champs, j'irai dans ce séjour
Où Flore et les Zéphyrs composent seuls ta cour;
J'irai dans Trianon : là, pour unique hommage,
Je consacre à ton fils des arbres de son âge,
Un bosquet de son nom. Ce simple monument,
Ces tiges, de tes bois le plus cher ornement,
Tes yeux les verront croître; et, croissant avec elles,
Ton fils viendra chercher leurs ombres fraternelles.

Enfin vous jouissez; et le cœur et les yeux
Chérissent de vos bois l'abri délicieux.
Au plaisir voulez-vous joindre encore la gloire?
Voulez-vous de votre art remporter la victoire?
Déjà de nos jardins heureux décorateur,
Ajoutez à ces noms le nom de créateur.
Voyez comme en secret la nature fermente;
Quel besoin d'enfanter sans cesse la tourmente :

Et vous ne l'aidez pas! Qui sait dans son trésor
Quels biens à l'industrie elle réserve encor?
Comme l'art à son gré guide le cours de l'onde,
Il peut guider la seve : à sa liqueur féconde
Montrez d'autres chemins, ouvrez d'autres canaux.
Dans vos champs enrichis par des hymens nouveaux,
Des sucs vierges encore essayez le mélange;
De leurs dons mutuels favorisez l'échange.
Combien d'arbres, de fruits, de plantes et de fleurs,
Dont l'art changea le goût, les parfums, les couleurs!
La pêche a dû sa gloire à ces métamorphoses;
D'un triple diadême ainsi brillent les roses;
De son panache ainsi l'œillet s'enorgueillit.
Osez : Dieu fit le monde, et l'homme l'embellit.

Que si vous n'osez pas essayer ces conquêtes,
Combien sous d'autres cieux de richesses sont prêtes!
Usurpez ces trésors. Ainsi le fier Romain,
Et ravisseur plus juste, et vainqueur plus humain,
Conquit des fruits nouveaux, porta dans l'Ausonie
Le prunier de Damas, l'abricot d'Arménie,
Le poirier des Gaulois, tant d'autres fruits divers :
C'est ainsi qu'il falloit s'asservir l'univers.

Quand Lucullus vainqueur triomphoit de l'Asie,
L'airain, le marbre et l'or frappoient Rome éblouie;
Le sage, dans la foule, aimoit à voir ses mains
Porter le cerisier en triomphe aux Romains.
Et ces mêmes Romains n'ont-ils pas vu nos peres
En bataillons armés, sous des cieux plus prosperes
Aller chercher la vigne, et vouer à Bacchus
Leurs étendards rougis du nectar des vaincus?
Du fruit de leurs exploits leurs troupes échauffées
Rapportoient en chantant ces précieux trophées;
De guirlandes de pampre ils couronnoient leurs fronts;
Le pampre sur leurs dards s'enlaçoit en festons:
Tel revint triomphant le dieu vainquéur du Gange:
Les vallons, les coteaux célébroient la vendange;
Et par-tout où coula le nectar enchanté,
Coururent le plaisir, l'audace et la gaîté.
     Enfants de ces Gaulois, imitons nos ancêtres,
Enlevons, disputons ces dépouilles champêtres.
Voyez, dans ces jardins fiers de se voir soumis
A la main qui porta le sceptre de Thémis,
Le sang des Lamoignons, l'éloquent Malesherbes,
Enrichir notre sol de cent tiges superbes.

Là, des plants rassemblés des bouts de l'univers,
De la cime des monts, de la rive des mers,
Des portes du couchant, de celles de l'aurore,
Ceux que l'ardent midi, que le nord voit éclore,
Les enfants du soleil, les enfants des frimas,
Me font en un lieu seul parcourir cent climats :
Je voyage, entouré de leur foule choisie,
D'Amérique en Europe, et d'Afrique en Asie.
Tous, parmi nos vieux plants charmés de se ranger,
Chérissent notre ciel ; et l'heureux étranger,
Des bords qu'il a quittés reconnoissant l'ombrage,
Doute de son exil à leur touchante image,
Et d'un doux souvenir sent son cœur attendri.
Je t'en prends à témoin, jeune Potaveri.

Des champs d'O-Taïti, si chers à son enfance,
Où l'amour sans pudeur n'est pas sans innocence,
Ce sauvage ingénu, dans nos murs transporté,
Regrettoit en son cœur sa douce liberté,
Et son isle riante et ses plaisirs faciles.
Ébloui, mais lassé de l'éclat de nos villes,
Souvent il s'écrioit : Rendez-moi mes forêts !
Un jour, dans ces jardins où Louis, à grands frais,

De vingt climats divers en un seul lieu rassemble
Ces peuples végétaux surpris de croître ensemble,
Qui, changeant à la fois de saison et de lieu,
Viennent tous à l'envi rendre hommage à Jussieu,
L'Indien parcouroit leurs tribus réunies,
Quand tout-à-coup, parmi ces vertes colonies,
Un arbre qu'il connut dès ses plus jeunes ans
Frappe ses yeux : soudain, avec des cris perçants,
Il s'élance, il l'embrasse, il le baigne de larmes,
Le couvre de baisers. Mille objets pleins de charmes,
Ces beaux champs, ce beau ciel, qui le virent heureux,
Le fleuve qu'il fendoit de ses bras vigoureux,
La forêt dont ses traits perçoient l'hôte sauvage,
Ces bananiers chargés et de fruits et d'ombrage,
Et le toit paternel, et les bois d'alentour,
Ces bois qui répondoient à ses doux chants d'amour,
Il croit les voir encore ; et son ame attendrie
Du moins pour un instant retrouva sa patrie.

FIN DU SECOND CHANT.

LES JARDINS,

CHANT TROISIEME.

LES JARDINS.

CHANT TROISIEME.

Je chantois les jardins, les vergers et les bois,
Quand le cri de Bellone a retenti trois fois.
A ces cris, arrachés des foyers de leurs peres
Nos guerriers ont volé sur des mers étrangeres,
Et Mars a de Vénus déserté les bosquets.
Dieux des champs, dieux amis de l'innocente paix,
Ne craignez rien : Louis, au lieu de vous détruire,
Veut sur des bords lointains étendre votre empire :
Il veut qu'un peuple ami, trop long-temps opprimé,
Recueille en paix le grain que ses mains ont semé.
Et vous, jeunes guerriers qu'admire un autre monde,
Je ne puis vers Yorck, sur les gouffres de l'onde,
Suivre votre valeur; mais, pour votre retour,
Ma muse des jardins embellit le séjour.
Déjà j'ordonne aux fleurs de croître pour vos têtes;
Pour vous de myrtes verds des couronnes sont prêtes;

Je prépare pour vous le murmure des eaux,
Les tapis des gazons, les abris des berceaux,
Où mollement assis, oubliant les alarmes,
Tranquilles, vous direz la gloire de nos armes,
Tandis qu'entre la crainte et l'espoir suspendus
Vos enfants frémiront d'un danger qui n'est plus.
Achevons cependant d'orner ces frais asyles.

Jadis dans nos jardins les sables infertiles,
Tristes, secs, et du jour réfléchissant les feux,
Importunoient les pieds et fatiguoient les yeux;
Tout étoit nu, brûlant : mais enfin l'Angleterre
Nous apprit l'art d'orner et d'habiller la terre.
Soignez donc ces gazons déployés sur son sein :
Sans cesse l'arrosoir ou la faux à la main,
Désaltérez leur soif, tondez leur chevelure;
Que le roulant cylindre en foule la verdure;
Que toujours bien choisis, bien unis, bien serrés,
De l'herbe usurpatrice avec soin délivrés,
Du plus tendre duvet ils gardent la finesse;
Et quelquefois enfin réparez leur vieillesse.

Réservez toutefois aux lieux moins éloignés
Ce luxe de verdure et ces gazons soignés :

Du reste composez une riche pâture,
Et que vos seuls troupeaux en fassent la culture.
Ainsi vous formerez des nourrissons nombreux,
Des engrais pour vos champs, des tableaux pour vos yeux.
Ne rougissez donc point, quoique l'orgueil en gronde,
D'ouvrir vos parcs au bœuf, à la vache féconde
Qui ne dégrade plus ni vos parcs ni mes vers.

 Mais c'est peu de créer ces vastes tapis verds;
Il en faut avec goût savoir choisir les formes.
Craignez pour eux l'ennui des cadres uniformes:
En d'insipides ronds ou d'ennuyeux quarrés
Je ne veux point les voir tristement resserrés;
Un air de liberté fait leur premiere grace.
Que tantôt dans les bois dont l'ombre les embrasse
D'un air mystérieux ils aillent se cacher,
Et que tantôt les bois les reviennent chercher.
Telle est d'un beau gazon la forme simple et pure.

 Voulez-vous mieux l'orner? imitez la nature:
Elle émaille les prés des plus riches couleurs.
Hâtez-vous: vos jardins vous demandent des fleurs.

 Fleurs charmantes! par vous la nature est plus belle;
Dans ses brillants tableaux l'art vous prend pour modele;

Simples tributs du cœur, vos dons sont chaque jour
Offerts par l'amitié, hasardés par l'amour;
D'embellir la beauté vous obtenez la gloire;
Le laurier vous permet de parer la victoire;
Plus d'un hameau vous donne en prix à la pudeur;
L'autel même, où de Dieu repose la grandeur,
Se parfume au printemps de vos douces offrandes,
Et la religion sourit à vos guirlandes.
Mais c'est dans nos jardins qu'est votre heureux séjour:
Filles de la rosée et de l'astre du jour,
Venez donc de nos champs décorer le théâtre.

    N'attendez pas pourtant qu'amateur idolâtre,
Au lieu de vous jetter par touffes, par bouquets,
J'aille de lits en lits, de parquets en parquets,
De chaque fleur nouvelle attendre la naissance,
Observer ses couleurs, épier leur nuance.
Je sais que dans Harlem plus d'un triste amateur
Au fond de ses jardins s'enferme avec sa fleur;
Pour voir sa renoncule avant l'aube s'éveille;
D'une anémone unique adore la merveille;
Ou, d'un rival heureux enviant le secret,
Achete au poids de l'or les taches d'un œillet;

Laissez-lui sa manie et son amour bizarre;
Qu'il possede en jaloux et jouisse en avare.

    Sans obéir aux loix d'un art capricieux,
Fleurs, parure des champs et délices des yeux,
De vos riches couleurs venez peindre la terre;
Venez : mais n'allez pas dans les buis d'un parterre
Renfermer vos appas tristement relégués.
Que vos heureux trésors soient par-tout prodigués :
Tantôt de ces tapis émaillez la verdure;
Tantôt de ces sentiers égayez la bordure;
Formez-vous en bouquets, entourez ces berceaux;
En méandres brillants courez au bord des eaux;
Ou tapissez ces murs, ou, dans cette corbeille,
Du choix de vos parfums embarrassez l'abeille.

    Que Rapin, vous suivant dans toutes les saisons,
Décrive tous vos traits, rappelle tous vos noms;
A de si longs détails le dieu du goût s'oppose.
Mais qui peut refuser un hommage à la rose;
La rose, dont Vénus compose ses bosquets,
Le Printemps sa guirlande, et l'Amour ses bouquets;
Qu'Anacréon chanta; qui formoit avec grace
Dans les jours de festin la couronne d'Horace?

Mais ce riant sujet plaît trop à mes pinceaux,
Destinés à tracer de plus mâles tableaux.
O vous, dont je foulois les pelouses fleuries,
Adieu, charmants bosquets, adieu, vertes prairies;
Ces masses de rochers confusément épars
Sur leur informe aspect appellent mes regards.

De nos jardins, voués à la monotonie,
Leur sublime âpreté jadis étoit bannie.
Depuis qu'enfin le peintre, y prescrivant des loix,
Sur l'arpenteur timide a repris tous ses droits,
Nos jardins, plus hardis, de ces effets s'emparent.
Mais, de quelque beauté que ces masses les parent,
Si le sol n'offre point ces blocs majestueux,
De la nature en vain rival présomptueux
L'art en voudroit tenter une infidele image :
Du haut des vrais rochers, sa demeure sauvage,
La nature se rit de ces rocs contrefaits,
D'un travail impuissant avortons imparfaits.

Loin de ces froids essais qu'un vain effort étale,
Aux champs de Midleton, aux monts de Dovedale,
Whately, je te suis; viens, j'y monte avec toi,
Que je m'y sens saisi d'un agréable effroi!

Tous ces rocs variant leurs gigantesques cimes,
Vers le ciel élancés, roulés dans des abîmes,
L'un par l'autre appuyés, l'un sur l'autre étendus,
Quelquefois dans les airs hardiment suspendus;
Les uns taillés en tours, en arcades rustiques;
Quelques uns, à travers leurs noirâtres portiques,
Du ciel dans le lointain laissant percer l'azur;
Des sources, des ruisseaux le cours brillant et pur;
Tout rappelle à l'esprit ces magiques retraites,
Ces romanesques lieux qu'ont chantés les poètes.
Heureux si ces grands traits embellissent vos champs!

  Mais dans votre tableau leurs tons seroient tranchants.
C'est là, c'est pour domter leur inculte énergie,
Qu'il faut d'un enchanteur le charme et la magie.
Cet enchanteur, c'est l'art; ses charmes sont les bois.
Il parle : les rochers s'ombragent à sa voix,
Et semblent s'applaudir de leur pompe étrangere.
Mais en ornant ainsi leur sécheresse austere,
Variez bien vos plants; offrez aux spectateurs
Des contrastes de tons, de formes, de couleurs.
Que les plus beaux rochers sortent par intervalles.
N'interromprez-vous point ces masses trop égales?

I

Cachez ou découvrez; variez à la fois
Les bois par les rochers, les rochers par les bois.

    N'avez-vous pas encor, pour former leur parure,
Des arbustes rampants l'errante chevelure?
J'aime à voir ces rameaux, ces souples rejettons,
Sur leurs arides flancs serpenter en festons;
J'aime à voir leur front chauve et leur tête sauvage
Se coiffer de verdure, et s'entourer d'ombrage.
C'est peu : parmi ces rocs un vallon précieux,
Un terrein moins ingrat vient-il rire à vos yeux?
Saisissez ce bienfait; déployez à la vue
D'un sol favorisé la richesse imprévue.
C'est un contraste heureux; c'est la stérilité
Qui cede un coin de terre à la fertilité.
Ainsi vous subjuguez leur âpre caractere.

    Mais quoi! faut-il toujours les orner pour vous plaire?
Non : l'art, qui doit toujours en adoucir l'horreur,
Leur permet quelquefois d'inspirer la terreur;
Lui-même il les seconde : au bord d'un précipice
D'une simple cabane il pose l'édifice;
Le précipice encore en paroît agrandi :
Tantôt d'un roc à l'autre il jette un pont hardi,

A leur terrible aspect je tremble ; et, de leur cime,
L'imagination me suspend sur l'abîme ;
Je songe à tous ces bruits, du peuple répétés,
De voyageurs perdus, d'amants précipités :
Vieux récits qui, charmant la foule émerveillée,
Des crédules hameaux abregent la veillée,
Et que l'effroi du lieu persuade un moment.

    Mais de ces grands effets n'usez que sobrement :
Notre cœur dans les champs à ces rudes secousses
Préfere un calme heureux, des émotions douces.
Moi-même, je le sens, de la cime des monts
J'ai besoin de descendre en mes riants vallons :
Je les ornai de fleurs, les couvris de bocages ;
Il est temps que des eaux roulent sous leurs ombrages.

    Eh bien ! si vos sommets, jadis tout dépouillés,
Sont, grace à mes leçons, richement habillés,
O rochers ! ouvrez-moi vos sources souterraines ;
Et vous, fleuves, ruisseaux, beaux lacs, claires fontaines,
Venez ; portez par-tout la vie et la fraîcheur.
Ah ! qui peut remplacer votre aspect enchanteur !
De près il nous amuse, et de loin nous invite :
C'est le premier qu'on cherche, et le dernier qu'on quitte.

Vous fécondez les champs, vous répétez les cieux;
Vous enchantez l'oreille, et vous charmez les yeux:
Venez. Puissent mes vers, en suivant votre course,
Couler plus abondants encor que votre source,
Plus légers que les vents qui courbent vos roseaux,
Doux comme votre bruit, et purs comme vos eaux!
　　Et vous qui dirigez ces ondes bienfaitrices,
Respectez leurs penchants, et même leurs caprices.
Dans la facilité de ses libres détours,
Voyez l'eau de ses bords embrasser les contours.
De quel droit osez-vous, captivant sa souplesse,
De ses plis sinueux contraindre la mollesse?
Que lui fait tout le marbre où vous l'emprisonnez!
Voyez-vous, les cheveux aux vents abandonnés,
Sans contrainte, sans art, sans parure étrangere,
Marcher, courir, bondir, la folâtre bergere?
Sa grace est dans l'aisance et dans la liberté:
Mais au fond d'un serrail contemplez la beauté;
En vain elle éblouit, vainement elle étale
De ses atours captifs la pompe orientale,
Je ne sais quoi de triste empreint dans tous ses traits
Décele la contrainte et flétrit ses attraits.

Que l'eau conserve donc la liberté qu'elle aime,
Ou changez en beauté son esclavage même.

Ainsi, malgré Morel, dont l'éloquente voix.
De la simple nature a su plaider les droits,
J'aime ces jeux où l'onde, en des canaux pressée,
Part, s'échappe, et jaillit avec force élancée.
A l'aspect de ces flots qu'un art audacieux
Fait sortir de la terre et lance jusqu'aux cieux,
L'homme se dit : C'est moi qui créai ces prodiges.
L'homme admire son art dans ces brillants prestiges :
Qu'ils soient donc déployés chez les grands et les rois.
Mais, je le dis encor, loin le luxe bourgeois
Dont le jet d'eau honteux, n'osant quitter la terre,
S'élève à peine, et meurt à deux pieds du parterre !
C'est peu : tout doit répondre à ce riche ornement ;
Que tout prenne à l'entour un air d'enchantement :
Persuadez aux yeux que, d'un coup de baguette,
Une Fée en passant s'est fait cette retraite.
Tel j'ai vu de Saint-Cloud le bocage enchanteur :
L'œil de son jet hardi mesure la hauteur ;
Aux eaux qui sur les eaux retombent et bondissent,
Les bassins, les bosquets, les grottes applaudissent ;

Le gazon est plus verd, l'air plus frais; des oiseaux
Le chant s'anime au bruit de la chûte des eaux;
Et les bois, inclinant leurs têtes arrosées,
Semblent s'épanouir à ces douces rosées.

Plus simple, plus champêtre et non moins belle aux yeux
La cascade ornera de plus sauvages lieux :
De près est admirée, et de loin entendue,
Cette eau toujours tombante et toujours suspendue;
Variée, imposante, elle anime à la fois
Les rochers, et la terre, et les eaux, et les bois :
Employez donc cet art. Mais loin l'architecture
De ces tristes gradins où tombant en mesure
D'un mouvement égal les flots précipités
Jusques dans leur fureur marchent à pas comptés!
La variété seule a le droit de vous plaire.

La cascade d'ailleurs a plus d'un caractere :
Il faut choisir. Tantôt, d'un cours tumultueux,
L'eau, se précipitant dans son lit tortueux,
Court, tombe et rejaillit, retombe, écume et gronde;
Tantôt avec lenteur développant son onde,
Sans colere, sans bruit, un ruisseau doux et pur
S'épanche, se déploie en un voile d'azur.

L'œil aime à contempler ces frais amphithéâtres,
Et l'or des feux du jour sur les nappes bleuâtres,
Et le noir des rochers, et le verd des roseaux,
Et l'éclat argenté de l'écume des eaux.

Consultez donc l'effet que votre art veut produire;
Et ces flots, toujours prompts à se laisser conduire,
Vont vous offrir, plus lents ou plus impétueux,
Des tableaux doux ou fiers, gais ou majestueux:
Tableaux toujours puissants! Eh! qui n'a pas de l'onde
Éprouvé sur son cœur l'impression profonde?
Toujours, soit qu'un courant vif et précipité
Sur des cailloux bondisse avec agilité,
Soit que sur le limon une riviere lente
Déroule en paix les plis de son onde indolente,
Soit qu'à travers des rocs un torrent en courroux
Se brise avec fracas; triste ou gai, vif ou doux,
Leur cours excite, appaise, ou menace, ou caresse.

De Vénus, nous dit-on, l'écharpe enchanteresse
Renfermoit les amours et les tendres desirs,
Et la joie, et l'espoir précurseur des plaisirs:
Les eaux sont ta ceinture, ô divine Cybele!
Non moins impérieuse, elle renferme en elle

La gaîté, la tristesse, et le trouble, et l'effroi.
Eh! qui l'a mieux connu, l'a mieux senti que moi!
Souvent, je m'en souviens, lorsque les chagrins sombres,
Que de la nuit encore avoient noircis les ombres,
Accabloient ma pensée et flétrissoient mes sens;
Si d'un ruisseau voisin j'entendois les accents,
J'allois, je visitois ses consolantes ondes :
Le murmure, le frais de ses eaux vagabondes
Suspendoient mes chagrins, endormoient ma douleur,
Et la sérénité renaissoit dans mon cœur :
Tant du doux bruit des eaux l'influence est puissante!

Pour prix de ce bienfait, toi, dont le cours m'enchante,
Ruisseau, permets que l'art, sans trop t'enorgueillir,
T'embellisse à nos yeux, si l'art peut t'embellir.

Un ruisseau siéroit mal dans une vaste plaine;
Son lit n'y traceroit qu'une ligne incertaine :
Modestes, au grand jour se montrant à regret,
Ses flots veulent baigner un bocage secret.
Son cours orne les bois, les bois font ses délices,
Là, je puis à loisir suivre tous ses caprices,
Son embarras charmant, sa pente, ses replis,
Le courroux de ses flots par l'obstacle embellis;

Tantôt dans un lit creux qu'un noir taillis ombrage
Cachant son onde agreste et sa course sauvage,
Tantôt à plein canal présentant son miroir,
Je le vois sans l'entendre, ou l'entends sans le voir:
Là, ses flots amoureux vont embrasser des isles;
Plus loin il se sépare en deux ruisseaux agiles,
Qui, se suivant l'un l'autre avec rapidité,
Disputent de vîtesse et de limpidité;
Puis rejoignant tous deux le lit qui les rassemble,
Murmurent enchantés de voyager ensemble.
Ainsi toujours errant de détour en détour,
Muet, bruyant, paisible, inquiet tour-à-tour,
Sous mille aspects divers son cours se renouvelle.
Mais vers ses bords riants la riviere m'appelle:
Dans un champ plus ouvert, noble et pompeux tableau,
Son onde moins modeste en larges nappes d'eau
Roule, des feux du jour au loin étincelante.
Elle laisse au ruisseau sa gaîté pétulante,
Et son inquiétude, et ses plis tortueux;
Son lit, en longs courants, des vallons sinueux
Suivra les doux contours et la molle courbure.
Si le ruisseau des bois emprunte sa parure,

K

La riviere aime aussi que des arbres divers,
Les pâles peupliers, les saules demi-verds,
Ornent souvent son cours. Quelle source féconde
De scenes, d'accidents! Là, j'aime à voir dans l'onde
Se renverser leur cime, et leurs feuillages verds
Trembler du mouvement et des eaux et des airs :
Ici, le flot bruni fuit sous leur voûte obscure;
Là, le jour par filets pénetre leur verdure :
Tantôt dans le courant ils trempent leurs rameaux,
Et tantôt leur racine embarrasse les flots :
Souvent, d'un bord à l'autre étendant leur feuillage,
Ils semblent s'élancer et changer de rivage.
Ainsi l'arbre et les eaux se prêtent leur secours :
L'onde rajeunit l'arbre, et l'arbre orne son cours;
Et tous deux, s'alliant sous des formes sans nombre,
Font un échange aimable et de fraîcheur et d'ombre.
      Sachez donc les unir; ou, si dans de beaux lieux
La nature sans vous fit cet hymen heureux,
Respectez-la : malheur à qui feroit mieux qu'elle!
      Tel est, cher Watelet, mon cœur me le rappelle,
Tel est le simple asyle où, suspendant son cours,
Pure comme tes mœurs, libre comme tes jours,

En canaux ombragés la Seine se partage,
Et visite en secret la retraite d'un sage.
Ton art la seconda; non cet art imposteur,
Des lieux qu'il croit orner hardi profanateur:
Digne de voir, d'aimer, de sentir la nature,
Tu traitas sa beauté comme une vierge pure
Qui rougit d'être nue et craint les ornements.
Je crois voir le faux goût gâter ces lieux charmants:
Ce moulin, dont le bruit nourrit la rêverie,
N'est qu'un son importun, qu'une meule qui crie;
On l'écarte: ces bords doucement contournés,
Par le fleuve lui-même en roulant façonnés,
S'alignent tristement: au lieu de la verdure
Qui renferme le fleuve en sa molle ceinture,
L'eau dans des quais de pierre accuse sa prison;
Le marbre fastueux outrage le gazon;
Et des arbres tondus la famille captive
Sur ces saules vieillis ose usurper la rive.
Barbares, arrêtez, et respectez ces lieux!
Et vous, fleuve charmant, vous, bois délicieux,
Si j'ai peint vos beautés, si, dès mon premier âge,
Je me plus à chanter les prés, l'onde et l'ombrage,

Beaux lieux, offrez long-temps à votre possesseur
L'image de la paix qui regne dans son cœur.

Autant que la riviere en sa molle souplesse
D'un rivage anguleux redoute la rudesse;
Autant les bords aigus, les longs enfoncements,
Sont d'un lac étendu les plus beaux ornements.
Que la terre tantôt s'avance au sein des ondes,
Tantôt qu'elle ouvre aux flots des retraites profondes,
Et qu'ainsi, s'appellant d'un mutuel amour,
Et la terre et les eaux se cherchent tour-à-tour:
Ces aspects variés amusent votre vue.

L'œil aime dans un lac une vaste étendue:
Cependant offrez-lui quelques points de repos.
Si vous n'interrompez l'immensité des flots,
Mes yeux sans intérêt glissent sur leur surface.
Ainsi, pour abréger leur insipide espace,
Ou qu'un frais bâtiment, des chaleurs respecté,
Se présente de loin dans les flots répété;
Ou bien faites éclore une isle de verdure,
Les isles sont des eaux la plus riche parure;
Ou relevez leurs bords, ou qu'en bouquets épars
Des masses d'arbres verds arrêtent nos regards.

Par un contraire effet si vous voulez l'étendre,
Aux bords trop exhaussés ordonnez de descendre;
Ou reculez vos bois; ou commandez que l'eau
Se perde en un bosquet, tourne au pied d'un coteau :
A travers ces rideaux où l'eau fuit et se plonge,
L'imagination la suit et la prolonge.
Ainsi votre œil jouit de ce qu'il ne voit pas;
Ainsi le goût savant prête à tout des appas,
Et des objets qu'il crée, et de ceux qu'il imite,
Resserre, étend, découvre, ou cache la limite.

Or maintenant que l'art dans ses jardins pompeux
Insulte à mes travaux; dans mes jardins heureux
Par-tout respire un air de liberté, de joie :
La pelouse riante à son gré se déploie;
Les bois indépendants relevent leurs rameaux;
Les fleurs bravent l'équerre, et l'arbre les ciseaux;
L'onde chérit ses bords, la terre sa parure;
Tout est beau, simple et grand : c'est l'art de la nature.

Mais ces eaux, mais leurs bords sont encore déserts.
Venez; peuplons leur sein de citoyens divers;
Plaçons-y ces oiseaux qui, d'une rame agile,
Navigateurs ailés, fendent l'onde docile.

Au milieu d'eux s'éleve et nage avec fierté
Le cygne au cou superbe, au plumage argenté;
Le cygne, à qui l'erreur prêta des chants aimables,
Et qui n'a pas besoin du mensonge des fables.

     Pour animer les eaux, l'art encor n'a-t-il pas
Le flottant appareil des voiles et des mâts?
Par la rame emportée une barque légere
Laisse à peine, en fuyant, sa trace passagere:
Zéphyre de la toile enfle les plis mouvants,
Et chaque banderole est le jouet des vents.

     Et si nos vieux romans, ou la fable, ou l'histoire,
D'un ruisseau, d'une source, ont consacré la gloire,
De leur antique honneur ces flots enorgueillis
Par d'heureux souvenirs sont assez embellis.
Quel cœur sans être ému trouveroit Aréthuse,
Alphée, ou le Lignon; toi sur-tout, toi, Vaucluse,
Vaucluse, heureux séjour, que sans enchantement
Ne peut voir nul poète, et sur-tout nul amant?
Dans ce cercle de monts qui, recourbant leur chaîne,
Nourrissent de leurs eaux ta source souterraine,
Sous la roche voûtée, antre mystérieux,
Où ta nymphe, échappant aux regards curieux,

Dans un gouffre sans fond cache sa source obscure,
Combien j'aimois à voir ton eau, qui, toujours pure,
Tantôt dans son bassin renferme ses trésors,
Tantôt en bouillonnant s'éleve, et, de ses bords
Versant parmi des rocs ses vagues blanchissantes,
De cascade en cascade au loin rejaillissantes,
Tombe et roule à grand bruit; puis, calmant son courroux,
Sur un lit plus égal répand des flots plus doux,
Et sous un ciel d'azur par vingt canaux féconde
Le plus riant vallon qu'éclaire l'œil du monde!
   Mais ces eaux, ce beau ciel, ce vallon enchanteur,
Moins que Pétrarque et Laure intéressoient mon cœur.
La voilà donc, disois-je, oui, voilà cette rive
Que Pétrarque charmoit de sa lyre plaintive!
Ici Pétrarque, à Laure exprimant son amour,
Voyoit naître trop tard, mourir trop tôt le jour.
Retrouverai-je encor sur ces rocs solitaires
De leurs chiffres unis les tendres caracteres?
Une grotte écartée avoit frappé mes yeux:
Grotte sombre, dis-moi si tu les vis heureux!
M'écriois-je. Un vieux tronc bordoit-il le rivage?
Laure avoit reposé sous son antique ombrage.

Je redemandois Laure à l'écho du vallon,
Et l'écho n'avoit point oublié ce doux nom.
Partout mes yeux cherchoient, voyoient Pétrarque et Laure,
Et par eux ces beaux lieux s'embellissoient encore.

F I N   D U   T R O I S I E M E   C H A N T.

LES JARDINS,

CHANT QUATRIEME.

LES JARDINS.

CHANT QUATRIEME.

Non, je ne puis quitter le spectacle des champs.
Eh! qui dédaigneroit ce sujet de mes chants?
Il inspiroit Virgile, il séduisoit Homere.
Homere, qui d'Achille a chanté la colere,
Qui nous peint la terreur attelant ses coursiers,
Le vol sifflant des dards, le choc des boucliers,
Le trident de Neptune ébranlant les murailles,
Se plaît à rappeller, au milieu des batailles,
Les bois, les prés, les champs; et de ces frais tableaux
Les riantes couleurs délassent ses pinceaux:
Et lorsque pour Achille il prépare des armes,
S'il y grave d'abord les sieges, les alarmes,
Le vainqueur tout poudreux, le vaincu tout sanglant,
Sa main trace bientôt, d'un burin consolant,
La vigne, les troupeaux, les bois, les pâturages;
Le héros se revêt de ces douces images,

Part, et porte à travers les affreux bataillons
L'innocente vendange et les riches moissons.

    Chantre divin, je laisse à tes muses altieres
Le soin de diriger ces phalanges guerrieres :
Diriger les jardins est mon paisible emploi.
    Déjà le sol docile a reconnu ma loi,
Des gazons l'ont couvert, et de sa main vermeille
Flore sur leur tapis a versé sa corbeille ;
Des bois ont couronné les rochers et les eaux :
Maintenant, pour jouir de ces brillants tableaux,
Dans ces champs découverts, sous ces obscures voûtes,
D'agréables sentiers vont me frayer des routes ;
Des scenes à ma voix naîtront de toutes parts,
Pour les orner enfin j'y conduirai les arts ;
Et le ciseau divin, la noble architecture,
Vont de ces lieux charmants achever la parure.

    Les sentiers, de nos pas guides ingénieux,
Doivent, en les montrant, nous embellir ces lieux :
Dans vos jardins naissants je défends qu'on les trace ;
Dans vos plants achevés l'œil choisit mieux leur place.
Vers les plus beaux aspects sachez les diriger.
Voyez, lorsque vous-même aux yeux de l'étranger

Vous montrez vos travaux, votre art avec adresse
Va chercher ce qui plaît, évite ce qui blesse,
Lui découvre en passant des sites enchantés,
Lui réserve au retour de nouvelles beautés,
De surprise en surprise et l'amuse et l'entraîne,
D'une scene qui fuit fait naître une autre scene,
Et, toujours remplissant ou piquant son desir,
Souvent pour l'augmenter differe son plaisir :
Eh bien ! que vos sentiers vous imitent vous-même.
  Dans leurs formes encor fuyez tout vain systême,
Enfant du mauvais goût, par la mode adopté :
La mode regne aux champs ainsi qu'à la cité.
Quand de leur symmétrique et pompeuse ordonnance
Les jardins d'Italie eurent charmé la France,
Tout de cet art brillant fut prompt à s'éblouir :
Pas un arbre au cordeau n'osa désobéir ;
Tout s'aligna ; par-tout, en deux rangs étalées,
S'alongerent sans fin d'éternelles allées.
Autre temps, autre goût. Enfin le parc anglois
D'une beauté plus libre avertit le François.
Dès-lors on ne vit plus que lignes ondoyantes,
Que sentiers tortueux, que routes tournoyantes :

Lassé d'errer, en vain le terme est devant moi,
Il faut encore errer, serpenter malgré soi,
Et, maudissant vingt fois une importune adresse,
Suivre sans cesse un but qui recule sans cesse.
Évitez ces excès : tout excès dure peu.

    De ces sentiers divers chaque genre a son lieu :
L'un conduit aux aspects dont la grandeur frappante
De loin fixe mes yeux et nourrit mon attente ;
L'autre m'égarera dans ces réduits secrets
Qu'un art mystérieux semble voiler exprès.
Mais rendez naturel ce dédale factice ;
Qu'il ait l'air du besoin, et non pas du caprice ;
Que divers accidents rencontrés dans son cours,
Les bois, les eaux, le sol, commandent ces détours.
Dans leur forme j'exige une heureuse souplesse :
Des longs alignements si je hais la tristesse,
Je hais bien plus encor le cours embarrassé
D'un sentier qui, pareil à ce serpent blessé,
En replis convulsifs sans cesse s'entrelace,
De détours redoublés m'inquiete, me lasse,
Et, sans variété, brusque et capricieux,
Tourmente et le terrein, et mes pas, et mes yeux.

Il est des plis heureux, des courbes naturelles,
Dont les champs quelquefois vous offrent des modeles :
La route de ces chars., la trace des troupeaux
Qui d'un pas négligent regagnent les hameaux,
La bergere indolente et qui dans les prairies
Semble suivre au hasard ses douces rêveries,
Vous enseignent ces plis mollement onduleux.
Loin donc de vos sentiers ces contours anguleux !
Sur-tout quand vers le but un long détour vous mene,
Songez que le plaisir doit racheter la peine.
Des poètes fameux osez imiter l'art :
Si leur muse en marchant se permet quelque écart,
Ce détour me rit plus que le chemin lui-même ;
C'est Nisus défendant Euryale qu'il aime ;
C'est au tombeau d'Hector son Andromaque en pleurs :
Qu'ainsi votre art m'égare en de douces erreurs.
Des plus riants objets égayez le passage,
Et qu'au terme arrivés votre art nous dédommage
Par d'aimables aspects, de riches ornements,
De ce vivant poème épisodes charmants.
Ici, vous m'offrirez des antres verds et sombres,
Qu'habitent la fraîcheur, le silence et les ombres ;

L'imagination y devance les yeux :
Plus loin, c'est un beau lac qui réfléchit les cieux :
Tantôt, dans le lointain, confuse et fugitive,
Se déploie une immense et noble perspective :
Quelquefois un bosquet riant, mais recueilli,
Par la nature et vous richement embelli,
Plein d'ombres et de fleurs et d'un luxe champêtre,
Semble dire : « Arrêtez ; où pouvez-vous mieux être ? »
Soudain la scene change ; au lieu de la gaîté,
C'est la mélancolie et la tranquillité,
C'est le calme imposant des lieux où sont nourries
La méditation, les longues rêveries :
Là, l'homme avec son cœur revient s'entretenir,
Médite le présent, plonge dans l'avenir,
Songe aux biens, songe aux maux épars dans sa carriere ;
Quelquefois, rejettant ses regards en arriere,
Se plaît à distinguer dans le cercle des jours
Ce peu d'instants, hélas ! et si chers et si courts,
Ces fleurs dans un désert, ces temps où le ramene
Le regret du bonheur, et même de la peine.

    Craignez donc d'imiter ces froids décorateurs
Qui ne veulent jamais que des objets flatteurs,

Jamais rien de hardi dans leurs froids paysages;

Par-tout de frais berceaux et d'élégants bocages;

Toujours des fleurs, toujours des festons; c'est toujours

Ou le temple de Flore, ou celui des Amours.

Leur gaîté monotone à la fin m'importune.

Mais vous, osez sortir de la route commune;

Inventez, hasardez des contrastes heureux:

Des effets opposés peuvent s'aider entre eux.

Imitez Le Poussin : aux fêtes bocageres

Il nous peint des bergers et de jeunes bergeres,

Les bras entrelacés, dansant sous des ormeaux,

Et près d'eux une tombe où sont écrits ces mots:

ET MOI, JE FUS AUSSI PASTEUR DANS L'ARCADIE.

Ce tableau des plaisirs, du néant de la vie,

Semble dire, « Mortels, hâtez-vous de jouir;

Jeux, danses et bergers, tout va s'évanouir : »

Et, dans l'ame attendrie, à la vive alégresse

Succede par degrés une douce tristesse.

   Imitez ces effets. Dans de riants tableaux

Né craignez point d'offrir des urnes, des tombeaux,

D'offrir de vos douleurs le monument fidele :

Eh! qui n'a pas pleuré quelque perte cruelle?

                                        M

Loin d'un monde léger, venez donc à vos pleurs,
Venez associer les bois, les eaux, les fleurs :
Tout devient un ami pour les ames sensibles.
Déjà, pour l'embrasser de leurs ombres paisibles,
Se penchent sur la tombe, objet de vos regrets,
L'if, le sombre sapin ; et toi, triste cyprès,
Fidele ami des morts, protecteur de leur cendre,
Ta tige, chere au cœur mélancolique et tendre,
Laisse la joie au myrte et la gloire au laurier :
Tu n'es point l'arbre heureux de l'amant, du guerrier,
Je le sais ; mais ton deuil compatit à nos peines.

    Dans tous ces monuments point de recherches vaines.
Pouvez-vous allier dans ces objets touchants
L'art avec la douleur, le luxe avec les champs ?
Sur-tout ne feignez rien : loin ce cercueil factice,
Ces urnes sans douleur, que plaça le caprice !
Loin ces vains monuments d'un chien ou d'un oiseau !
C'est profaner le deuil, insulter au tombeau.

    Ah ! si d'aucun ami vous n'honorez la cendre,
Voyez sous ces vieux ifs la tombe où vont se rendre
Ceux qui, courbés pour vous sur des sillons ingrats,
Au sein de la misere esperent le trépas.

Rougiriez-vous d'orner leurs humbles sépultures?
Vous n'y pouvez graver d'illustres aventures,
Sans doute. Depuis l'aube, où le coq matinal
Des rustiques travaux leur donne le signal,
Jusques à la veillée, où leur jeune famille
Environne avec eux le sarment qui pétille,
Dans les mêmes travaux roulent en paix leurs jours.
Des guerres, des traités n'en marquent point le cours:
Naître, souffrir, mourir, c'est toute leur histoire.
Mais leur cœur n'est point sourd au bruit de leur mémoire:
Quel homme vers la vie, au moment du départ,
Ne se tourne et ne jette un triste et long regard,
A l'espoir d'un regret ne sent pas quelque charme,
Et des yeux d'un ami n'attend pas une larme?
Pour consoler leur vie honorez donc leur mort.
Celui qui, de son rang faisant rougir le sort,
Servit son dieu, son roi, son pays, sa famille,
Qui grava la pudeur sur le front de sa fille,
D'une pierre moins brute honorez son tombeau;
Tracez-y ses vertus et les pleurs du hameau;
Qu'on y lise: CI GÎT LE BON FILS, LE BON PERE,
LE BON ÉPOUX. Souvent un charme involontaire

Vers ces enclos sacrés appellera vos yeux.
Et toi, qui vins chanter sous ces arbres pieux,
Avant de les quitter, Muse, que ta guirlande
Demeure à leurs rameaux suspendue en offrande.
Que d'autres dans leurs vers célebrent la beauté;
Que leur muse, toujours ivre de volupté,
Ne se montre jamais qu'un myrte sur la tête,
Qu'avec ses chants de joie et ses habits de fête:
Toi, tu dis aux tombeaux des chants consolateur s,
Et ta main la premiere y jetta quelques fleurs.

    Revenons, il est temps, sous de plus gais ombrages.
L'architecture encore au fond de ces bocages
M'attend pour les orner d'édifices charmants.
Ce ne sont plus du deuil les tristes monuments;
Ce sont d'heureux réduits qui, parmi la verdure,
Offrent sous mille aspects leur riante parure.
Mais j'en permets l'usage, et j'en proscris l'abus.

    Bannissez des jardins tout cet amas confus
D'édifices divers prodigués par la mode,
Obélisque, rotonde, et kiosk, et pagode,
Ces bâtiments romains, grecs, arabes, chinois,
Chaos d'architecture, et sans but, et sans choix,

Dont la profusion stérilement féconde
Enferme en un jardin les quatre parts du monde.

    N'y cherchez pas non plus un oisif ornement,
Et sous l'utilité déguisez l'agrément.
La ferme, le trésor, le plaisir de son maître,
Réclamera d'abord sa parure champêtre :
Que l'orgueilleux château ne la dédaigne pas,
Il lui doit sa richesse ; et ses simples appas
L'emportent sur son luxe, autant que l'art d'Armide
Cede au souris naïf d'une vierge timide.
La ferme! A ce seul nom les moissons, les vergers,
Le regne pastoral, les doux soins des bergers,
Ces biens de l'âge d'or, dont l'image chérie
Plut tant à mon enfance, âge d'or de la vie,
Réveillent dans mon cœur mille regrets touchants :
Venez ; de vos oiseaux j'entends déjà les chants ;
J'entends rouler les chars qui traînent l'abondance,
Et le bruit des fléaux qui tombent en cadence.

    Ornez donc ce séjour. Mais, absurde à grands frais,
N'allez pas ériger une ferme en palais.
Élégante à la fois et simple dans son style,
La ferme est aux jardins ce qu'aux vers est l'idylle.

Ah! par les dieux des champs! que le luxe effronté
De ce modeste lieu soit toujours rejetté.
N'allez pas déguiser vos pressoirs et vos granges :
Je veux voir l'appareil des moissons, des vendanges.
Que le crible, le van où le froment doré
Bondit avec la paille et retombe épuré,
La herse, les traîneaux, tout l'attirail champêtre,
Sans honte à mes regards osent ici paroître :
Sur-tout, des animaux que le tableau mouvant,
Au-dedans, au-dehors, lui donne un air vivant.
Ce n'est plus du château la parure stérile,
La grace inanimée et la pompe immobile :
Tout vit, tout est peuplé dans ces murs, sous ces toits.

Que d'oiseaux différents et d'instinct et de voix,
Habitant sous l'ardoise, ou la tuile, ou le chaume,
Famille, nation, république, royaume,
M'occupent de leurs mœurs, m'amusent de leurs jeux!
A leur tête est le coq, pere, amant, chef heureux,
Qui, roi sans tyrannie, et sultan sans mollesse,
A son serrail ailé prodiguant sa tendresse,
Aux droits de la valeur joint ceux de la beauté,
Commande avec douceur, caresse avec fierté,

Et, fait pour les plaisirs, et l'empire, et la gloire,
Aime, combat, triomphe, et chante sa victoire.
Vous aimerez à voir leurs jeux et leurs combats,
Leurs haines, leurs amours, et jusqu'à leurs repas.
La corbeille à la main, la sage ménagere
A peine a reparu; la nation légere
Du sommet de ses tours, du penchant de ses toits,
En tourbillons bruyants descend toute à la fois:
La foule avide en cercle autour d'elle se presse;
D'autres, toujours chassés et revenant sans cesse,
Assiegent la corbeille, et jusques dans la main,
Parasites hardis, viennent ravir le grain.
    Soignez donc, protégez ce peuple domestique:
Que leur logis soit sain, et non pas magnifique.
Que lui font des réduits richement décorés,
Le marbre des bassins, les grillages dorés?
Un seul grain de millet leur plairoit davantage:
La Fontaine l'a dit. O véritable sage!
La Fontaine! c'est toi qu'il faudroit en ces lieux;
Chantre heureux de l'instinct, ils t'inspireroient mieux.
Le paon, fier d'étaler l'iris qui le décore,
Du dindon rengorgé l'orgueil plus sot encore,

Pourroient à nos dépens égayer ton pinceau :
Là, de tes deux pigeons tu verrois le tableau ;
Et deux coqs amoureux, à la discorde en proie,
Te feroient dire encore : « Amour, tu perdis Troie ! »
Ainsi nous plaît la ferme et son air animé.

    Dans cet autre réduit, quel peuple renfermé
De ses cris inconnus a frappé mes oreilles ?
Là, sont des animaux, étrangeres merveilles :
Là, dans un doux exil vivent emprisonnés
Quadrupedes, oiseaux, l'un de l'autre étonnés.
N'allez point rechercher des especes bizarres :
Préférez les plus beaux, et non pas les plus rares.
Offrez-nous ces oiseaux qui, nés sous d'autres cieux,
Favoris du soleil, brillent de tous ses feux ;
L'or pourpré du faisan, l'émail de la pintade.
Logez plus richement ces oiseaux de parade ;
Eux-mêmes sont un luxe : et puisque leur beauté
Rachete à vos regards leur inutilité,
De ces captifs brillants que les prisons soient belles.
Sur-tout ne m'offrez point ces animaux rebelles
De qui l'orgueil s'indigne et languit dans nos fers.
Eh ! quel œil sans regret peut voir le roi des airs,

L'aigle, qui se jouoit au milieu de l'orage,
Oublier aujourd'hui dans une indigne cage
La fierté de son vol et l'éclair de ses yeux?
Rendez-lui le soleil et la voûte des cieux:
Un être dégradé ne peut jamais nous plaire.

Tandis que, déployant leur parure étrangere,
Ces hôtes différents semblent briguer mon choix,
Mon odorat charmé m'appelle sous ces toits
Où, de même exilés et ravis à leur terre,
D'étrangers végétaux habitent sous le verre.
Entourez d'un air doux ces frêles nourrissons:
Mais, vainqueur des climats, respectez les saisons;
Ne forcez point d'éclore au sein de la froidure
Des biens qu'à d'autres temps destinoit la nature:
Laissez aux lieux flétris par des hivers constants
Ces fruits d'un faux été, ces fleurs d'un faux printemps;
Et lorsque le soleil va mûrir vos richesses,
Sans forcer ses présents, attendez ses largesses.
Mais j'aime à voir ces toits, ces abris transparents
Receler des climats les tributs différents,
Cet asyle enhardir le jasmin d'Ibérie,
La pervenche frilleuse oublier sa patrie,

N

Et le jaune ananas par ces chaleurs trompé
Vous livrer de son fruit le trésor usurpé.

Motivez donc toujours vos divers édifices,
Des animaux, des fleurs, agréables hospices.
Combien d'autres encore, adoptés par les lieux,
Approuvés par le goût, peuvent charmer nos yeux!
Sous ces saules que baigne une onde salutaire,
Je placerois du bain l'asyle solitaire:
Plus loin, une cabane où regne la fraîcheur
Offriroit les filets et la ligne au pêcheur :
Vous voyez de ces bois la douce solitude?
J'y consacre un asyle aux muses, à l'étude :
Dans ce majestueux et long enfoncement
J'ordonne un obélisque, auguste monument;
Il s'éleve; et j'écris sur la pierre attendrie :
A NOS BRAVES MARINS, MOURANT POUR LA PATRIE.

Ainsi vos bâtiments, vos asyles divers
Ne seront point oisifs, ne seront point déserts.
Au site assortissez leur figure, leur masse :
Que chacun avec goût établi dans sa place,
Jamais trop resserré, jamais trop étendu,
N'éclipse point la scene, et n'y soit point perdu.

Sachez ce qui convient ou nuit au caractere.
Un réduit écarté dans un lieu solitaire
Peint mieux la solitude encore et l'abandon.
Montrez-vous donc fidele à chaque expression.
N'allez pas au grand jour offrir un hermitage :
Ne cachez point un temple au fond d'un bois sauvage,
Un temple veut paroître au penchant d'un coteau ;
Son site aérien répand dans le tableau
L'éclat, la majesté, le mouvement, la vie ;
Je crois voir un aspect de la belle Ausonie.
Telle est des bâtiments la grace et la beauté.

Mais de ces monuments la brillante gaîté,
Et leur luxe moderne, et leur fraîche jeunesse,
Des antiques débris valent-ils la vieillesse?
L'aspect désordonné de ces grands corps épars,
Leur forme pittoresque attache les regards:
Par eux le cours des ans est marqué sur la terre ;
Détruits par les volcans, ou l'orage, ou la guerre,
Ils instruisent toujours, consolent quelquefois :
Ces masses, qui du temps sentent aussi le poids,
Enseignent à céder à ce commun ravage,
A pardonner au sort. Telle jadis Carthage

Vit sur ses murs détruits Marius malheureux,
Et ces deux grands débris se consoloient entre eux.

    Liez donc à vos plants ces vénérables restes.
Et toi, qui, m'égarant dans ces sites agrestes,
Bien loin des lieux frayés, des vulgaires chemins,
Par des sentiers nouveaux guides l'art des jardins,
O sœur de la peinture, aimable poésie,
A ces vieux monuments viens redonner la vie,
Viens présenter au goût ces riches accidents
Que de ses lentes mains a dessinés le temps.

    Tantôt, c'est une antique et modeste chapelle,
Saint asyle, où jadis, dans la saison nouvelle,
Vierges, femmes, enfants, sur un rustique autel
Venoient pour les moissons implorer l'Éternel.
Un long respect consacre encore ces ruines.

    Tantôt, c'est un vieux fort, qui, du haut des collines,
Tyran de la contrée, effroi de ses vassaux,
Portoit jusques au ciel l'orgueil de ses creneaux;
Qui, dans ces temps affreux de discorde et d'alarmes,
Vit les grands coups de lance et les nobles faits d'armes
De nos preux chevaliers, des Baïards, des Henris:
Aujourd'hui la moisson flotte sur ses débris.

Ces débris, cette mâle et triste architecture,
Qu'environne une fraîche et riante verdure,
Ces angles, ces glacis, ces vieux restes de tours,
Où l'oiseau couve en paix le fruit de ses amours,
Et ces troupeaux peuplant ces enceintes guerrieres,
Et l'enfant qui se joue où combattoient ses peres,
Saisissez ce contraste, et déployez aux yeux
Ce tableau doux et fier, champêtre et belliqueux.
     Plus loin, une abbaye antique, abandonnée,
Tout-à-coup s'offre aux yeux de bois environnée.
Quel silence ! C'est là qu'amante du désert
La méditation avec plaisir se perd
Sous ces portiques saints, où des vierges austeres
Jadis, comme ces feux, ces lampes solitaires
Dont les mornes clartés veillent dans le saint lieu,
Pâles, veilloient, brûloient, se consumoient pour Dieu.
Le saint recueillement, la paisible innocence
Semble encor de ces lieux habiter le silence.
La mousse de ces murs, ce dôme, cette tour,
Les arcs de ce long cloître impénétrable au jour,
Les degrés de l'autel usés par la priere,
Ces noirs vitraux, ce sombre et profond sanctuaire

Où peut-être des cœurs en secret malheureux
A l'inflexible autel se plaignoient de leurs nœuds,
Et pour des souvenirs encor trop pleins de charmes
A la religion déroboient quelques larmes;
Tout parle, tout émeut dans ce séjour sacré:
Là, dans la solitude en rêvant égaré,
Quelquefois vous croirez, au déclin d'un jour sombre,
D'une Héloïse en pleurs entendre gémir l'ombre.
Mettez donc à profit ces restes précieux,
Augustes ou touchants, profanes ou pieux.

　　Mais loin ces monuments dont la ruine feinte
Imite mal du temps l'inimitable empreinte,
Tous ces temples anciens récemment contrefaits;
Ces restes d'un château qui n'exista jamais,
Ces vieux ponts nés d'hier, et cette tour gothique
Ayant l'air délabré sans avoir l'air antique!
Artifice à la fois impuissant et grossier.
Je crois voir cet enfant tristement grimacier,
Qui, jouant la vieillesse et ridant son visage,
Perd, sans paroître vieux, les graces du jeune âge,
Mais un débris réel intéresse mes yeux.
Jadis contemporain de nos simples aïeux,

J'aime à l'interroger, je me plais à le croire.
Des peuples et des temps il me redit l'histoire :
Plus ces temps sont fameux, plus ces peuples sont grands,
Et plus j'admirerai ces restes imposants.

    O champs de l'Italie! ô campagnes de Rome!
Où dans tout son orgueil gît le néant de l'homme :
C'est là que des débris fameux par de grands noms,
Pleins de grands souvenirs et de hautes leçons,
Vous offrent ces aspects, trésors des paysages.
Voyez de toutes parts comment le cours des âges
Dispersant, déchirant de précieux lambeaux,
Jettant temple sur temple, et tombeaux sur tombeaux,
De Rome étale au loin la ruine immortelle ;
Ces portiques, ces arcs, où la pierre fidele
Garde du peuple-roi les exploits éclatants :
Leur masse indestructible a fatigué le temps :
Des fleuves suspendus ici mugissoit l'onde ;
Sous ces portes passoient les dépouilles du monde ;
Par-tout confusément dans la poussiere épars,
Les thermes, les palais, les tombeaux des Césars,
Tandis que de Virgile, et d'Ovide, et d'Horace,
La douce illusion nous montre encor la trace.

Heureux, cent fois heureux l'artiste des jardins
Dont l'art peut s'emparer de ces restes divins!
Déjà la main du temps sourdement le seconde;
Déjà sur les grandeurs de ces maîtres du monde
La nature se plaît à reprendre ses droits.
Au lieu même où Pompée, heureux vainqueur des rois,
Étaloit tant de faste, ainsi qu'aux jours d'Évandre
La flûte des bergers revient se faire entendre.
Voyez rire ces champs au laboureur rendus,
Sur ces combles tremblants ces chevreaux suspendus,
L'orgueilleux obélisque au loin couché sur l'herbe,
L'humble ronce embrassant la colonne superbe;
Ces forêts d'arbrisseaux, de plantes, de buissons,
Montant, tombant en grappe, en touffes, en festons:
Par le souffle des vents semés sur ces ruines,
Le figuier, l'olivier, de leurs foibles racines
Achevent d'ébranler l'ouvrage des Romains;
Et la vigne flexible, et le lierre aux cent mains,
Autour de ces débris rampant avec souplesse,
Semblent vouloir cacher ou parer leur vieillesse.

Que si vous n'avez pas ces restes renommés,
N'avez-vous pas du moins ces bronzes animés,

Et ces marbres vivants, déités des vieux âges,
Où l'art seul fut divin et força les hommages?
    Je sais qu'un goût sévere a voulu des jardins
Exiler tous ces dieux des Grecs et des Romains.
Et pourquoi? Dans Athene et dans Rome nourrie,
Notre enfance a connu leur riante féerie.
Ces dieux n'étoient-ils pas laboureurs et bergers?
Pourquoi donc leur fermer vos bois et vos vergers?
Sans Pomone, vos fruits oseront-ils éclore?
De l'empire des fleurs pouvez-vous chasser Flore?
Ah! que ces dieux toujours enchantent nos regards!
L'idolatrie encore est le culte des arts.
Mais que l'art soit parfait: loin des jardins qu'on chasse
Ces dieux sans majesté, ces déesses sans grace!
A chaque déité choisissez son vrai lieu:
Qu'un dieu n'usurpe pas les droits d'un autre dieu.
Laissez Pan dans les bois. D'où vient que ces Naïades,
Que ces Tritons à sec se mêlent aux Dryades?
Pourquoi ce Nil en vain couronné de roseaux,
Et dont l'urne poudreuse est l'abri des oiseaux?
Otez-moi ces lions et ces tigres sauvages;
Ces monstres me font peur, même dans leurs images:

O

Et ces tristes Césars, cent fois plus monstres qu'eux,
Aux portes des bosquets sentinelles affreux,
Qui, tout hideux encor de soupçons et de crimes,
Semblent encor de l'œil désigner leurs victimes,
De quel droit s'offrent-ils dans ce riant séjour?
Montrez-moi des mortels plus chers à notre amour:
En des lieux consacrés à leur apothéose
Créez un élysée où leur ombre repose.
Loin des profanes yeux, dans des vallons couverts
De lauriers odorants, de myrtes toujours verds,
En marbre de Paros offrez-nous leurs images;
Qu'une eau lente se plaise à baigner ces bocages,
Et qu'aux ombres du soir mêlant un jour douteux
Diane aux doux rayons soit l'astre de ces lieux.
Leur tranquille beauté, sous ces dais de verdure,
De ces marbres chéris la blancheur tendre et pure,
Ces grands hommes, leur calme et simple majesté,
Cette eau silencieuse, image du Léthé,
Qui semble pour leurs cœurs, exempts d'inquiétude,
Rouler l'oubli des maux et de l'ingratitude,
Ces bois, ce jour mourant sous leur ombrage épais,
Tout des mânes heureux y respire la paix.

Vous donc, n'y consacrez que des vertus tranquilles.
Loin tous ces conquérants en ravages fertiles!
Comme ils troubloient le monde, ils troubleroient ces lieux.
Placez-y les amis des hommes et des dieux,
Ceux qui par des bienfaits vivent dans la mémoire,
Ces rois dont leurs sujets n'ont point pleuré la gloire;
Montrez-y Fénelon à notre œil attendri;
Que Sully s'y releve embrassé par Henri.

    Donnez des fleurs, donnez: j'en couvrirai ces sages
Qui, dans un noble exil, sur de lointains rivages,
Cherchoient ou répandoient les arts consolateurs:
Toi sur-tout, brave Cook, qui, cher à tous les cœurs,
Unis par les regrets la France et l'Angleterre;
Toi qui, dans ces climats où le bruit du tonnerre
Nous annonçoit jadis, Triptoleme nouveau,
Apportois le coursier, la brebis, le taureau,
Le soc cultivateur, les arts de ta patrie,
Et des brigands d'Europe expiois la furie:
Ta voile en arrivant leur annonçoit la paix,
Et ta voile en partant leur laissoit des bienfaits.
Reçois donc ce tribut d'un enfant de la France.
Eh! que fait son pays à ma reconnoissance?

Ses vertus en ont fait notre concitoyen.
Imitons notre Roi, digne d'être le sien.
Hélas! de quoi lui sert que deux fois son audace
Ait vu des cieux brûlants, fendu des mers de glace;
Que des peuples, des vents, des ondes révéré,
Seul sur les vastes mers son vaisseau fût sacré;
Que pour lui seul la guerre oubliât ses ravages?
L'ami du monde, hélas! meurt en proie aux sauvages.

    Vous qui pleurez sa mort, fiers enfants d'Albion,
Imitez, il est temps, sa noble ambition.
Pourquoi dans vos égaux cherchez-vous des esclaves?
Portez-leur des bienfaits et non pas des entraves.
Le front ceint de lauriers cueillis par les François,
La victoire aujourd'hui sollicite la paix.

    Descends, aimable Paix, si long-temps attendue,
Descends; que ta présence à l'univers rendue
Embellisse les lieux qu'ont célébrés mes vers:
Viens, forme un peuple heureux de cent peuples divers:
Rends l'abondance aux champs, rends le commerce aux ondes,
Et la vie aux beaux arts, et le calme aux deux mondes!

F I N.

NOTES.

N O T E S

DU

POÈME DES JARDINS.

(PAGE 10, vers 8.)

Dont le charme autrefois avoit tenté Virgile.

Le lecteur ne me saura peut-être pas mauvais gré de rapporter ici l'esquisse rapide que Virgile a tracée des jardins, qu'il regrette de ne pouvoir chanter.

> Si mon vaisseau, long-temps égaré loin du bord,
> Ne se hâtoit enfin de regagner le port,
> Peut-être je peindrois les lieux chéris de Flore :
> Le narcisse en mes vers s'empresseroit d'éclore ;
> Les roses m'ouvriroient leurs calices brillants ;
> Le tortueux concombre arrondiroit ses flancs ;
> Du persil toujours verd, des pâles chicorées
> Ma muse abreuveroit les tiges altérées ;
> Je courberois le lierre & l'acanthe en berceaux,
> Et du myrte amoureux j'ombragerois les eaux.

On voit que cette composition de jardin est très simple et très naturelle : on y trouve mêlés l'utile et l'agréable : c'est à la fois le verger, le potager et le parterre. Mais c'est là le

jardin d'un habitant ordinaire des champs , tel qu'un sage ,
avec des goûts simples , voudroit l'orner , le cultiver lui-
même ; tel que l'aimable poète qui le décrit eût aimé à l'embellir. Il n'a pas prétendu parler des fameux jardins que le luxe
des vainqueurs du monde , des Lucullus , des Crassus , des
Pompée et des César , avoit remplis des richesses de l'Asie
et des dépouilles de l'univers.

(Ibid. vers 10.)

Du simple Alcinoüs le luxe encor rustique
Décoroit un verger.

C'est un monument précieux de l'antiquité et de l'histoire
des jardins , que la description que fait Homere de celui d'Alcinoüs. On voit qu'elle tient de près à la naissance de l'art ; que
tout son luxe consiste dans l'ordre et la symmétrie , dans la richesse du sol et dans la fertilité des arbres , dans les deux fontaines dont il est orné : et tous ceux qui voudroient un jardin
pour en jouir , et non pour le montrer , n'en demanderoient
pas d'autre.

(Ibid. vers 20.)

D'un art plus magnifique
Babylone éleva des jardins dans les airs.

Ces jardins suspendus existoient encore en partie seize siè-
cles après leur création , et firent l'étonnement d'Alexandre ,
à son entrée dans Babylone.

(Ibid. vers 22.)

Quand Rome au monde entier eut envoyé des fers,
Les vainqueurs, dans des parcs ornés par la victoire,
Alloient calmer leur foudre et reposer leur gloire.

Il existe un monument très précieux du goût et de la forme des jardins romains dans une lettre de Pline le jeune : on voit qu'on y connoissoit déjà l'art de tailler les arbres, et de leur donner différentes figures de vases ou d'animaux ; que l'architecture et le luxe des édifices étoient un des principaux ornements de leurs parcs ; mais que tous avoient un objet d'utilité, ce qu'on a trop oublié dans les jardins modernes. Je crois faire plaisir en rapportant ici cette lettre. C'est la 6eme du liv. V.

La maison, quoique bâtie au bas de la colline, a la même vue que si elle étoit placée au sommet. Cette colline s'éleve par une pente si douce, que l'on s'apperçoit que l'on est monté, sans avoir senti que l'on montoit. Derriere la maison est l'Apennin, mais assez éloigné. Dans les jours les plus calmes et les plus sereins, elle en reçoit des haleines de vent qui n'ont plus rien de violent et d'impétueux, pour avoir perdu toute leur force en chemin. Son exposition est presque entièrement au midi, et semble inviter le soleil, en été vers le milieu du jour, en hiver un peu plutôt, à venir dans une galerie fort large, et longue à proportion.

La maison est composée de plusieurs pavillons. L'entrée est

P

à la maniere des anciens. Au-devant de la galerie on voit un parterre, dont les différentes figures sont tracées avec du buis. Ensuite est un lit de gazon peu élevé, autour duquel le buis représente plusieurs animaux qui se regardent. Plus bas est une piece toute couverte d'acanthes, si doux et si tendres sous les pieds, qu'on ne les sent presque pas. Cette piece est enfermée dans une promenade environnée d'arbres, qui, pressés les uns contre les autres, et diversement taillés, forment une palissade. Auprès est une allée tournante, en forme de cirque, au-dedans de laquelle on trouve du buis taillé de différentes façons, et des arbres que l'on a soin de tenir bas. Tout cela est fermé de murailles seches, qu'un buis étagé couvre et cache à la vue.

De l'autre côté est une prairie qui ne plaît guere moins par ses beautés naturelles, que toutes les choses dont je viens de parler par les beautés qu'elles empruntent de l'art. Ensuite sont des pieces brutes, des prairies et des arbrisseaux.

Au bout de la galerie est une salle à manger, dont la porte donne sur l'extrémité du parterre, et les fenêtres sur les prairies et sur une grande partie des pieces brutes. Par ces fenêtres on voit de côté le parterre, et ce qui de la maison même s'avance en saillie, avec le haut des arbres du manege.

De l'un des côtés de la galerie et vers le milieu, on entre dans un appartement qui environne une petite cour ombragée de quatre planes, au milieu desquels est un bassin de marbre,

d'où l'eau qui se dérobe, entretient, par un doux épanche-
ment, la fraîcheur des planes et des plantes qui sont au-dessous.
Dans cet appartement est une chambre à coucher. La voix,
le bruit ni le jour n'y pénetrent point : elle est accompagnée
d'une salle où l'on mange d'ordinaire, et quand on veut être
en particulier avec ses amis. Une autre galerie donne sur cette
petite cour, et a toutes les mêmes vues que la galerie que je
viens de décrire. Il y a encore une chambre, qui, pour être
proche de l'un des planes, jouit toujours de la verdure et de
l'ombre. Elle est revêtue de marbre tout autour à hauteur d'appui ; et au défaut du marbre est une peinture qui représente
des feuillages et des oiseaux sur des branches, mais si délicate-
ment, qu'elle ne cede point à la beauté du marbre même. Au-
dessous est une petite fontaine qui tombe dans un bassin, d'où
l'eau, en s'écoulant par plusieurs petits tuyaux, forme un
agréable murmure.

D'un coin de la galerie on passe dans une grande chambre
qui est vis-à-vis la salle à manger : elle a ses fenêtres d'un côté
sur le parterre, de l'autre sur la prairie : et immédiatement
au-dessous de ses fenêtres est une piece d'eau qui réjouit éga-
lement les yeux et les oreilles; car l'eau, en y tombant de haut
dans un grand bassin de marbre, paroît toute écumante, et
forme je ne sais quel bruit qui fait plaisir. Cette chambre est
fort chaude en hiver, parceque le soleil y donne de toutes

parts. Tout auprès est un poîle, qui supplée à la chaleur du soleil quand les nuages le cachent. De l'autre côté est une salle où l'on se déshabille pour prendre le bain. Elle est grande et fort gaie. Près de là on trouve la salle du bain d'eau froide, où est une baignoire très spacieuse et assez sombre. Si vous voulez vous baigner plus au large et plus chaudement, il y a dans la cour un bain, et tout auprès un puits, d'où l'on peut avoir de l'eau froide quand la chaleur incommode. A côté de la salle du bain froid est celle du bain tiede, que le soleil échauffe beaucoup, mais moins que celle du bain chaud, parceque celle-ci sort en saillie. On descend dans cette derniere salle par trois escaliers, dont deux sont exposés au grand soleil ; le troisieme en est plus éloigné, et n'est pourtant pas plus obscur. Au-dessus de la chambre où l'on quitte ses habits pour le bain, est un jeu de paume, où l'on peut prendre différentes sortes d'exercices, et qui pour cela est partagé en plusieurs réduits. Non loin du bain, est un escalier qui conduit dans une galerie fermée, et auparavant dans trois appartements, dont l'un voit sur la petite cour ombragée de planes, l'autre sur la prairie, le troisieme sur des vignes ; en sorte que son exposition est aussi différente que ses vues. A l'extrémité de la galerie fermée est une chambre prise dans la galerie même, et qui regarde le manege, les vignes, les montagnes. Près de cette chambre, en est une autre fort exposée au soleil, sur-tout pendant l'hiver. De là on entre dans un appartement qui joint le manege à la maison. Voilà la façade et son aspect.

A l'un des côtés, qui regarde le midi, s'éleve une galerie fermée, d'où l'on ne voit pas seulement les vignes, mais d'où l'on croit les toucher. Au milieu de cette galerie on trouve une salle à manger, où les vents qui viennent de l'Apennin répandent un air fort sain. Elle a vue par de très grandes fenêtres sur les vignes, et encore sur les mêmes vignes par des portes à deux battants, d'où l'œil traverse la galerie. Du côté où cette salle n'a point de fenêtres, est un escalier dérobé, par où l'on sert à manger. A l'extrémité est une chambre à qui la galerie ne fait pas un aspect moins agréable que les vignes. Au-dessous est une galerie presque souterraine, et si fraîche en été, que, contente de l'air qu'elle renferme, elle n'en donne et n'en reçoit point d'autre. Après ces deux galeries fermées est une salle à manger, suivie d'une galerie ouverte, froide avant midi, plus chaude quand le jour s'avance. Elle conduit à deux appartements : l'un est composé de quatre chambres, l'autre de trois, qui, selon que le soleil tourne, jouissent ou de ses rayons ou de l'ombre.

Au-devant de ces bâtiments si bien entendus et si beaux, est un vaste manege. Il est ouvert par le milieu, et s'offre d'abord tout entier à la vue de ceux qui entrent : il est entouré de planes, et ces planes sont revêtus de lierre. Ainsi le haut de ces arbres est verd de son propre feuillage, le bas est verd d'un feuillage étranger. Ce lierre court autour du tronc et des branches, et passant d'un plane à l'autre, les lie ensemble. Entre ces planes sont des buis, et ces buis sont par-dehors environnés de lauriers, qui mêlent leur ombrage à celui des planes. L'allée du manege est droite ; mais à son extrémité elle change de figure, et se termine en demi-cercle. Ce manege est entouré et couvert de cyprès qui en rendent l'ombre et plus épaisse et plus noire. Les allées en rond qui sont au-dedans (car il y en a plusieurs les unes dans les autres) reçoivent un jour très pur et très clair. Les roses s'y offrent par-tout, et un agréable soleil y corrige la trop grande fraîcheur de l'ombre.

Au sortir de ces allées rondes et redoublées on rentre dans l'allée droite, qui, des deux côtés, en a beaucoup d'autres, séparées par des buis. Là, est une petite prairie ; ici, le buis même est taillé en mille figures différentes, quelquefois en lettres qui expriment tantôt le nom du maître, tantôt celui de l'ouvrier. Entre ces buis vous voyez successivement de petites pyramides et des pommiers ; et cette beauté rustique d'un champ que l'on diroit avoir été tout-à-coup transporté dans un endroit si peigné, est rehaussée vers le milieu par des planes, que l'on tient fort bas des deux côtés.

De là vous entrez dans une piece d'acanthe flexible, et qui se replie sur lui-même, où l'on voit encore quantité de figures

et de noms, que les plantes expriment. A l'extrémité est un lit
de repos de marbre blanc, couvert d'une treille soutenue par
quatre colonnes de marbre de Cariste. On voit l'eau tomber
de dessous ce lit, comme si le poids de ceux qui se couchent
l'en faisoit sortir. De petits tuyaux la conduisent dans une
pierre taillée exprès ; et de là elle est reçue dans un bassin de
marbre, d'où elle s'écoule si imperceptiblement et si à propos,
qu'il est toujours plein, et pourtant ne déborde jamais.

Quand on veut manger en ce lieu, on range les mets les
plus solides sur les bords de ce bassin, et on met les plus légers
dans des vases qui flottent sur l'eau tout autour de vous, et qui
sont faits, les uns en navires, les autres en oiseaux. En face du
bassin est une fontaine jaillissante, qui reçoit dans sa source
l'eau qu'elle en a jettée : car, après avoir été poussée en haut,
elle retombe sur elle-même ; et par deux ouvertures qui se joignent, elle descend et remonte sans cesse.

Vis-à-vis du lit de repos est une chambre qui lui donne
autant d'agréments qu'elle en reçoit de lui. Elle est toute brillante de marbre ; ses portes sont entourées et comme bordées
de verdure. Au-dessus et au-dessous des fenêtres hautes et basses,
on ne voit aussi que verdure de toutes parts. Auprès est un
autre petit appartement qui semble s'enfoncer dans la même
chambre, et qui en est pourtant séparé. On y trouve un lit ; et
quoique cet appartement soit percé de fenêtres par-tout, l'om-

brage qui l'environne le rend sombre. Une agréable vigne
l'embrasse de ses feuillages, et monte jusqu'au faîte : à la pluie
près, que vous n'y sentez point, vous croyez être couché dans
un bois. On y trouve aussi une fontaine qui se perd dans le
milieu même de sa source. En différents endroits sont placés
des sieges de marbre, propres ainsi que la chambre à délas-
ser de la promenade. Près de ces sieges sont de petites fontaines; et par tout le manege vous entendez le doux murmure
des ruisseaux, qui, dociles à la main de l'ouvrier, se laissent
conduire par de petits canaux où il lui plaît. Ainsi on arrose,
tantôt certaines plantes, tantôt d'autres : quelquefois on les
arrose toutes.

J'aurois fini il y auroit long-temps, de peur de paroître entrer dans un trop grand détail ; mais j'avois résolu de visiter
tous les coins et recoins de ma maison avec vous. Je me suis
imaginé que ce qui ne vous seroit pas ennuyeux à voir, ne vous
le seroit pas à lire.

(Page 12, vers 19.)

Belœil, tout à la fois magnifique & champêtre.

Belœil est une maison de plaisance de M. le Prince de
Ligne.

(Ibid. vers 21.)

Tel que ce frais bouton
Timide avant-coureur de la belle saison,

L'aimable Tivoli d'une forme nouvelle
Fit le premier en France entrevoir le modele.

Le local de Tivoli se refusoit aux grands effets pittoresques; mais M. Boutin a eu le mérite d'en tirer le meilleur parti possible, et sur-tout d'avoir le premier essayé avec succès le genre irrégulier.

(Page 13, vers 3.)

Les Graces en riant dessinerent Montreuil.

Montreuil est un jardin charmant de Madame la Princesse de Guémené, sur la route de Paris à Versailles.

(Ibid. vers 4.)

Maupertuis, le Désert, Raincy, Limours.

Maupertuis. Ce jardin, connu sous le nom de l'Elysée, appartient à M. le Marquis de Montesquiou. Si de belles eaux, de superbes plantations, un mélange heureux de collines et de vallons font un beau lieu, l'Elysée est digne de son aimable nom.

Le Désert. Ce jardin a été dessiné avec beaucoup de goût par M. de Monville.

Raincy. Ce beau jardin appartient à Monseigneur le Duc d'Orléans.

Limours. Ce lieu, naturellement sauvage, a été très embelli par Madame la Comtesse de Brionne, et a perdu un peu de sa rudesse, sans perdre son caractere.

Q

(Ibid. vers 7.)

Semblable à son auguste et jeune déité,
Trianon joint la grace avec la majesté.

Le petit Trianon, jardin de la Reine, est un modele de ce genre. La richesse y paroît avoir été toujours employée par le goût.

(Ibid. vers 10.)

Et toi, d'un Prince aimable ô l'asyle fidele !
Dont le nom trop modeste est indigne de toi.

Il s'agit du joli jardin de Bagatelle, qui a été composé avec beaucoup d'esprit pour Monseigneur Comte d'Artois, et qui a l'avantage de se trouver placé au milieu d'un bois charmant, qui semble en faire partie. Le pavillon est d'une élégance rare.

Je n'ai pas pu nommer tous les jardins agréables qui ont été faits depuis quelques années. Il en est plusieurs qui auroient mérité de l'être ; et de ce nombre sont La Falaise, Morfontaine, Roissy, La Malmaison, agréable par la beauté de ses bois, de ses eaux, de ses vues et de sa situation.

(Page 26, vers 8.)

Que votre art les promette, et que l'œil les espere :
Promettre, c'est donner ; espérer, c'est jouir.

Ce dernier hémistiche se trouve dans une épître charmante

de M. de Saint-Lambert : c'est par réminiscence qu'il s'est glissé dans mon ouvrage.

(Page 27, vers 6.)

Je ne décide point entre Kent et Le Nostre.

Kent, architecte et dessinateur fameux en Angleterre, fut le premier qui tenta avec succès le genre libre, qui commence à se répandre dans toute l'Europe. Les Chinois en sont sans doute les premiers inventeurs. Voici ce que dit de leurs jardins un artiste célebre d'Angleterre, qui avoit voyagé à la Chine : le morceau est curieux, et l'ouvrage dont il est tiré est fort rare.

Les jardins que j'ai vus à la Chine, dit M. Chambers, étoient très petits. Leur ordonnance cependant, et ce que j'ai pu recueillir des diverses conversations que j'ai eues sur ce sujet avec un fameux peintre chinois, nommé Lepqua, m'ont donné, si je ne me trompe, une connoissance des idées de ces peuples sur ce sujet.

La nature est leur modele, et leur but est de l'imiter dans toutes ses belles irrégularités. D'abord ils examinent la forme du terrein : s'il est uni, ou en pente : s'il y a des collines ou des montagnes : s'il est étendu ou resserré, sec ou marécageux : s'il abonde en rivieres et en sources, ou si le manque d'eau s'y fait sentir. Ils font une grande attention à ces diverses circonstances, et choisissent les arrangements qui conviennent le mieux avec la nature du terrein, qui exigent le moins de frais, cachent ses défauts , et mettent dans le plus beau jour tous ses avantages.

Comme les Chinois n'aiment pas la promenade, on trouve rarement chez eux les avenues ou les allées spacieuses des jardins de l'Europe. Tout le terrein est distribué en une variété de scenes ; et des passages tournants, ouverts au milieu des bosquets, vous font arriver aux différents points de vue ; chacun desquels est indiqué par un siege , par un édifice ou par quelque autre objet.

La perfection de leurs jardins consiste dans le nombre, dans la beauté et dans la diversité de ces scenes. Les jardiniers chinois, comme les peintres européens , ramassent dans la nature les objets les plus agréables, et tâchent de les combiner de maniere que, non seulement ils paroissent séparément avec le plus d'éclat , mais même que par leur union ils forment un tout agréable et frappant.

Leurs artistes distinguent trois différentes especes de scenes , auxquelles ils donnent les noms de riantes , d'horribles et d'enchantées. Cette derniere dénomination répond à ce qu'on nomme scene de roman , et nos Chinois se servent de divers artifices pour y exciter la surprise. Quelquefois ils font passer sous terre une riviere, ou un torrent rapide, qui, par son bruit turbulent, frappe l'oreille, sans qu'on puisse comprendre d'où il vient. D'autres fois ils disposent les rocs , les bâtiments , et les autres objets qui entrent dans la composition , de maniere que le vent , passant au travers des interstices et des concavités qui y sont ménagées pour cet effet , forme des sons étrangers et singuliers. Ils mettent dans ces compositions les especes les plus extraordinaires d'arbres , de plantes et de fleurs : ils y forment des échos artificiels et compliqués , et y tiennent différentes sortes d'oiseaux et d'animaux monstrueux.

Les scenes d'horreur présentent des rocs suspendus , des cavernes obscures , et d'impétueuses cataractes qui se précipitent de tous les côtés du haut des montagnes. Les arbres sont difformes et semblent brisés par la violence des tempêtes : ici , on en voit de renversés qui interceptent le cours des torrents , et paroissent avoir été emportés par la fureur des eaux ; là , il semble que , frappés de la foudre , ils ont été brûlés et fendus en pieces. Quelques uns des édifices sont en ruines , quelques autres consumés à demi par le feu : quelques chétives cabanes , dispersées çà et là sur les montagnes , semblent indiquer à la fois l'existence et la misere des habitants. A ces scenes il en succede communément de riantes. Les artistes chinois savent avec quelle force l'ame est affectée par les contrastes , et ils ne manquent jamais de ménager des transitions subites et de frappantes oppositions de formes , de couleurs et d'ombres. Aussi des vues bornées vous font-elles passer à des perspectives éten-

dues ; des objets d'horreur , à des scenes agréables ; et des lacs
et des rivieres , aux plaines, aux coteaux et aux bois. Aux couleurs sombres et tristes , ils en opposent de brillantes ; et des
formes simples , aux compliquées; distribuant , par un arrangement judicieux, les diverses masses d'ombre et de lumiere de
telle sorte que la composition paroît distincte dans ses parties,
et frappante en son tout.

Lorsque le terrein est étendu , et qu'on y peut faire entrer
une multitude de scenes , chacune est ordinairement appro-
priée à un seul point de vue. Mais lorsque l'espace est borné ,
et qu'il ne permet pas assez de variété, on tâche de remédier à
ce défaut en disposant les objets de maniere qu'ils produisent
des représentations différentes , suivant les divers points de
vue : et souvent l'artifice est poussé au point, que ces représentations n'ont entre elles aucune ressemblance.

Dans les grands jardins , les Chinois se ménagent des
scenes différentes pour le matin , le midi et le soir ; et ils élevent, aux points de vue convenables , des édifices propres aux
divertissements de chaque partie du jour. Les petits jardins , où,
comme on l'a dit, un seul arrangement produit plusieurs représentations, offrent de la même maniere, aux divers points
de vue , des bâtiments qui, par leur usage , indiquent le point
du jour le plus propre à jouir de la scene dans sa perfection.

Comme le climat de la Chine est excessivement chaud , les

habitants emploient beaucoup d'eau à leurs jardins. Lorsqu'ils sont petits, et que la situation le permet, souvent tout le terrein est mis sous l'eau, et il n'y reste qu'un petit nombre d'isles et de rocs. On fait entrer dans les jardins spacieux des lacs étendus, des rivieres et des canaux. On imite la nature en diversifiant, à son exemple, les bords des rivieres et des lacs : tantôt ces bords sont arides et graveleux ; tantôt ils sont couverts de bois jusqu'au bord de l'eau, plats en quelques endroits, et ornés d'arbrisseaux et de fleurs ; dans d'autres, ils se changent en rocs escarpés qui forment des cavernes, où une partie de l'eau se jette avec autant de bruit que de violence. Quelquefois vous voyez des prairies remplies de bétail, ou des champs de riz qui s'avancent dans des lacs, et qui laissent entre eux des passages pour des vaisseaux : d'autres fois, ce sont des bosquets pénétrés en divers endroits par des rivieres et des ruisseaux capables de porter des barques. Ces rivages sont couverts d'arbres, dont les branchages s'étendent, se joignent, et forment en quelques endroits des berceaux sous lesquels les bateaux passent. Vous êtes ainsi ordinairement conduit à quelque objet intéressant, à un superbe bâtiment placé au sommet d'une montagne coupée en terrasses, à un casin situé au milieu d'un lac, à une cascade, à une grotte divisée en divers appartements, à un rocher artificiel, ou à quelque autre composition semblable.

Les rivieres suivent rarement la ligne droite ; elles serpen-
tent et sont interrompues par diverses irrégularités : tantôt
elles sont étroites, bruyantes et rapides ; tantôt lentes, larges
et profondes. Des roseaux et d'autres plantes et fleurs aquati-
ques, entre lesquelles se distingue le lienhoa, qu'on estime
le plus, se voient et dans les rivieres et dans les lacs. Les Chinois y construisent souvent des moulins et d'autres machines
hydrauliques, dont le mouvement sert à animer la scene. Ils
ont aussi un grand nombre de bateaux de forme et de grandeur différentes. Leurs lacs sont semés d'isles, les unes stériles
et entourées de rochers et d'écueils, les autres enrichies de tout
ce que la nature et l'art peuvent fournir de plus parfait : ils y
introduisent aussi des rocs artificiels. Ils surpassent toutes les
autres nations dans ce genre de composition ; ces ouvrages forment chez eux une profession distincte ; on trouve à Canton,
et probablement dans la plupart des autres villes de la Chine,
un grand nombre d'artisans constamment occupés à ce métier.
La pierre dont ils se servent pour cet usage vient des côtes mé-
ridionales de l'empire : elle est bleuâtre et usée par l'action des
ondes, en formes irrégulieres. On pousse la délicatesse fort
loin dans le choix de cette pierre. J'ai vu donner plusieurs taëls
pour un morceau de la grosseur du poing, lorsque la figure en
étoit belle et la couleur vive. Ces morceaux choisis s'emploient
pour les paysages des appartements. Les plus grossiers servent

aux jardins; et étant joints par le moyen d'un ciment bleuâtre, ils forment des rocs d'une grandeur considérable. J'en ai vu qui étoient extrêmement beaux, et qui montroient dans l'artiste une élégance de goût peu commune. Lorsque ces rocs sont grands, on y creuse des cavernes et des grottes, avec des ouvertures, au travers desquelles on apperçoit des lointains. On y voit en divers endroits des arbres, des arbrisseaux, des ronces et des mousses; et sur leur sommet on place de petits temples et d'autres bâtiments, où l'on monte par le moyen de degrés raboteux et irréguliers, taillés dans le roc.

Lorsqu'il se trouve assez d'eau, et que le terrein est convenable, les Chinois ne manquent point de former des cascades dans leurs jardins. Ils y évitent toute sorte de régularités, imitant les opérations de la nature dans ces pays montagneux. Les eaux jaillissent des cavernes et des sinuosités des rochers. Ici, paroît une grande et impétueuse cataracte : là, c'est une multitude de petites chûtes. Quelquefois la vue de la cascade est interceptée par des arbres dont les feuilles et les branches ne permettent que par intervalle de voir les eaux, qui tombent le long des côtés de la montagne : d'autres fois au-dessus de la partie la plus rapide de la cascade sont jettés, d'un roc à l'autre, des ponts de bois grossièrement faits; et souvent le courant des eaux est interrompu par des arbres et des monceaux de pierres que la violence du torrent semble y avoir transportés.

R

Dans les bosquets, les Chinois varient toujours les formes et les couleurs des arbres, joignant ceux dont les branches sont grandes et touffues avec ceux qui s'élevent en pyramide, et les verds foncés avec les verds gais. Ils y entremêlent des arbres qui portent des fleurs, parmi lesquels il y en a plusieurs qui fleurissent la plus grande partie de l'année. Entre leurs arbres favoris est une espece de saule : on le trouve toujours parmi ceux qui bordent les rivieres et les lacs, et ils sont plantés de maniere que leurs branches pendent sur l'eau. Les Chinois introduisent aussi des troncs d'arbres, tantôt debout, tantôt couchés sur la terre ; et ils poussent fort loin la délicatesse sur leurs formes, sur la couleur de leur écorce, et même sur leur mousse.

Rien de plus varié que les moyens qu'ils emploient pour exciter la surprise. Ils vous conduisent quelquefois au travers de cavernes et d'allées sombres, au sortir desquelles vous vous trouvez subitement frappé de la vue d'un paysage délicieux, enrichi de tout ce que la nature peut fournir de plus beau : d'autres fois on vous mene par des avenues et par des allées qui diminuent et qui deviennent raboteuses peu-à-peu. Le passage est enfin tout-à-fait interrompu ; des buissons, des ronces et des pierres le rendent impraticable, lorsque tout-à-coup s'ouvre à vos yeux une perspective riante et étendue, qui vous plaît d'autant plus, que vous vous y étiez moins attendu.

Un autre artifice de ces peuples, c'est de cacher une partie

de la composition par le moyen d'arbres et d'autres objets in-
termédiaires : ceci excite la curiosité du spectateur. Il veut voir
de près, et se trouve, en approchant, agréablement surpris par
quelque scene inattendue, ou par quelque représentation to-
talement opposée à ce qu'il cherchoit. La terminaison des lacs
est toujours cachée, pour laisser à l'imagination de quoi s'exer-
cer. La même regle s'observe, autant qu'il est possible, dans
toutes les compositions chinoises.

Quoique les Chinois ne soient pas fort habiles en optique,
l'expérience leur a cependant appris que la grandeur apparente
des objets diminue, et que leurs couleurs s'affoiblissent, à mesure qu'ils s'éloignent de l'œil du spectateur. Ces observations
ont donné lieu à un artifice qu'ils mettent quelquefois en œuvre. Ils forment des vues en perspective, en introduisant des
bâtiments, des vaisseaux et d'autres objets, diminués à proportion de leur distance du point de vue. Pour rendre l'illusion
plus frappante, ils donnent des teintes grisâtres aux parties
éloignées de la composition, et ils plantent dans le lointain des
arbres d'une couleur moins vive et d'une hauteur plus petite
que ceux qui paroissent sur le devant : de cette maniere, ce qui
en soi-même est borné et peu considérable devient en appa-
rence grand et étendu.

Ordinairement les Chinois évitent les lignes droites ; mais
ils ne les rejettent pas toujours. Ils font quelquefois des avenues,

lorsqu'ils ont quelque objet intéressant à mettre en vue. Les chemins sont constamment taillés en ligne droite, à moins que l'inégalité du terrein, ou quelque autre obstacle, ne fournisse au moins un prétexte pour agir autrement. Lorsque le terrein est entièrement uni, il leur paroît absurde de faire une route qui serpente : car, disent-ils, c'est ou l'art ou le passage constant des voyageurs qui l'a faite; et, dans l'un ou l'autre cas, il n'est pas naturel de supposer que les hommes voulussent choisir la ligne courbe, quand ils peuvent aller par la droite.

Ce que nous nommons en anglois *clump*, c'est-à-dire peloton d'arbres, n'est point inconnu aux Chinois; mais ils ne le mettent pas en œuvre aussi souvent que nous : jamais ils n'en occupent tout le terrein. Leurs jardiniers considerent un jardin comme nos peintres considerent un tableau ; et les premiers grouppent leurs arbres de la même maniere que les derniers grouppent leurs figures, les uns et les autres ayant leurs masses principales et secondaires.

(Page 29, vers 16.)

Pour chercher un ami qui me parle du cœur.

Ce vers, comme on sait, est de Racine. L'auteur en fait l'application aux charmes du genre irrégulier et naturel, qui, moins éblouissant au premier coup-d'œil, est sans doute plus varié et d'un intérêt plus durable.

(Page 30 , vers 1.)

Regardez dans Milton, &c.

Plusieurs Anglois prétendent que c'est cette belle description du paradis terrestre, et quelques morceaux de Spencer ,
qui ont donné l'idée des jardins irréguliers ; et quoiqu'il soit
probable, comme je l'ai déjà dit, que ce genre vient des Chinois , j'ai préféré l'autorité de Milton comme plus poétique.
Dailleurs , j'ai cru qu'on verroit avec plaisir toute la magnificence du plus grand roi du monde , tous les prodiges des arts ,
mis en opposition avec les charmes de la nature naissante, l'innocence des premieres créatures qui l'embellirent , et l'intérêt
des premieres amours.

Je n'ai ni traduit, ni même imité Milton, qui a dû décrire
Eden plus longuement que moi ; et , quelque humiliante que
soit pour moi la comparaison, je crois devoir insérer ici, pour
le plaisir du lecteur, cette charmante description.

> Eden, where delicious Paradise
>   crowns with her inclosure green,
> As with a rural mound, the champain head
> Of a steep wildernefs; whose hairy sides
> With thicket overgrown, grotesque and wild,
> Accefs deny'd : and over head up grew
> Insuperable height of loftiest shade,
> Cedar, and pine, and fir, and branching palm :

A sylvan scene; and as the ranks ascend
Shade above shade, a woody theatre
Of stateliest view. Yet higher than their tops
The verd'rous wall of Paradise up sprung :
Which to our general sire gave prospect large
Into his nether empire neighbouring round.
And higher than that wall a circling row
Of goodliest trees, loaden with fairest fruit
Blossoms and fruits, at once of golden hue
Appear'd, with gay enamel'd colours mix'd :

. . . .

In this pleasant soil
His far more pleasant garden God ordain'd
Out of the fertil ground he caus'd to grow
All trees of noblest kind, for sight, smell, taste ;
And all amidst them stood the tree of life
High eminent, blooming, ambrosial fruit
Of vegetable gold ; and next to life
Our death, the tree of knowledge, grew fast by ;
Knowledge of good bought dear by knowing ill !
    Southward through Eden went a river large,
Nor chang'd his course, but through the shaggy hill
Pass'd underneath ingulf'd : for God had thrown
That mountain, as his garden mold, high rais'd
Upon the rapid current, which through veins
Of porous earth with kindly thirst up drawn,
Rose a fresh fountain, and with many a rill
Water'd the garden ; thence united fell

Down the steep glade; and met the nether flood,
Which from his darksome passage now appears:
And now divided into four main streams,
Runs diverse, wand'ring many a famous realm
And country, whereof here needs no account;
But rather to tell how (if art could tell
How) from that saphir fount the crisped brooks
Rolling on orient pearl, and sands of gold,
With mazy error under pendent shades
Ran nectar, visiting each plant, and fed
Flow'rs worthy' of Paradise, which not nice art
In beds and curious knots, but nature boon
Pour'd forth profuse on hill, and dale, and plain,
Both where the morning sun first warmly smote
The open field, and where the unpierc'd shade
Imbrown'd the noon-tide bow'rs. Thus was this place
A happy rural seat, of various view:
Groves, whose rich trees wept odorous gums, and balm;
Others whose fruit, burnish'd with golden rind,
Hung amiable; Hesperian fables true,
If true, here only', and of delicious taste:
Betwixt them lawns, or level-downs, and flocks
Grazing the tender herb, were interpos'd;
Or palmy hillock, or the flow'ry lap,
Of some irriguous valley, spread her store;
Flow'rs of all hew, and without thorn the rose:
Another side, umbrageous grots, and caves
Of cool recefs, o'er which the mantling vine

Lays forth her purple grape, and gently creeps
Luxuriant. Mean while murm'ring waters fall
Down the slope hills, dispers'd, or in a lake
That to the fringed bank, with myrtle crown'd,
Her crystal mirror holds, unite their streams.
The birds their choir apply : airs, vernal airs,
Breathing the smell of field and grove, attune
The trembling leaves, while universal Pan
Knit with the Graces, and the Hours in dance,
Led on th' eternal spring.

Voici la traduction françoise de cet agréable morceau,
pour ceux qui n'entendent point l'anglois.

Le jardin d'Eden étoit placé au milieu d'une plaine délicieuse, couverte de verdure, qui s'étendoit sur le sommet d'une
haute montagne, et formoit, en la couronnant, un rempart
inaccessible. Tous les côtés de la montagne, escarpés et déserts, étoient hérissés de buissons épais et sauvages qui en dé-
fendoient l'abord. Au milieu de ces buissons s'élevoient ma-
jestueusement, à une prodigieuse hauteur, des cedres, des
pins, des sapins, des palmiers qui étendoient leurs branches, et,
en s'embrassant, offroient la décoration d'une scene champêtre. En élevant par degrés cime sur cime, ombrage sur
ombrage, ils formoient un amphithéâtre dont les yeux étoient
enchantés. Les arbres les plus élevés portoient leurs têtes jus-

qu'à la verte palissade qui, comme un mur, environnoit le paradis. Du centre de ce beau séjour qui dominoit tout le reste,
notre premier pere pouvoit librement promener sa vue sur son
empire, et en considérer les contrées voisines. Au-dessus de la
palissade, et dans l'enceinte du paradis, régnoient tout à l'entour des arbres superbes, chargés des plus beaux fruits et de
fleurs émaillées des plus brillantes couleurs.

Au milieu de ce charmant paysage, un jardin encore plus
délicieux avoit eu Dieu lui-même pour ordonnateur. Il avoit
fait sortir de ce fertile sein tous les arbres les plus propres à charmer les yeux, à flatter l'odorat et le goût. Au milieu d'eux s'é-
levoit l'arbre de vie, d'où découloit l'ambrosie d'un or liquide.
Non loin étoit l'arbre de la science du bien et du mal, qui nous
coûte si cher : arbre fatal dont le germe a produit la mort !

Dans ce jardin couloit vers le midi une large riviere, dont le
cours ne changeoit point, mais qui disparoissoit sous la montagne du paradis, dont la masse le couvroit entièrement, le Sei-
gneur ayant posé cette montagne, qui servoit de fondement à
son jardin, sur cette onde rapide, qui, doucement attirée par
la terre altérée et poreuse, montoit dans ses veines jusqu'au
sommet, d'où elle sortoit en claire fontaine, et se partageoit
en plusieurs ruisseaux, qui, après avoir arrosé tout le jardin, se
réunissoient pour se précipiter du haut de cette montagne escar-
pée, et, après avoir formé une superbe cascade, se divisoient en

S

quatre principales rivieres, et traversoient différents empires.

Que n'est-il possible à l'art de décrire cette fontaine de saphir, dont les ruisseaux argentins et tortueux, roulant sur des
perles orientales et sur des sables d'or, formoient des labyrinthes
infinis sous les ombrages qui les couvroient, en versant le nectar
sur toutes les plantes, et nourrissant des fleurs dignes du paradis! Elles n'étoient point rangées en compartiments symmétri-
ques, ni en bouquets façonnés par l'art : la nature bienfaisante
les avoit répandues avec profusion sur les collines, dans les vallons, dans les plaines découvertes qu'échauffoient doucement
les rayons du soleil, et dans ces berceaux où des ombrages épais
conservoient pendant l'ardeur du jour une agréable fraîcheur.

Cette heureuse et champêtre habitation charmoit les yeux
par sa variété : la nature, encore dans son enfance, et mépri-
sant l'art et les regles, y déployoit toutes ses graces et toute sa
liberté. On y voyoit des champs et des tapis verds admirable-
ment nuancés et environnés de riches bocages remplis d'arbres
de la plus grande beauté : des uns couloient les baumes précieux, la myrrhe et les gommes odoriférantes ; aux autres
étoient suspendus des fruits brillants et dorés qui charmoient
l'œil et le goût. Tout ce que la fable attribue de merveilleux
aux vergers des Hespérides s'offroit réellement dans l'admira-
ble jardin d'Eden. Entre ces arbres paroissoient des tapis de
verdure : sur les penchants des vallons et des petites collines, on

voyoit des troupeaux qui paissoient l'herbe tendre. Ici, des palmiers couvroient de jolis monticules : là, des ruisseaux serpen-
toient dans le sein d'un vallon couvert de fleurs et de roses
sans épines. D'un autre côté paroissoient des grottes impénétra-
bles aux rayons du soleil, et des cavernes où régnoit une fraîcheur délicieuse. Elles étoient couvertes de vignes, qui, étendant de tous côtés leurs branches flexibles, offroient en abondance des grappes de pourpre. Les ruisseaux, coulant avec un
doux murmure, formoient d'agréables cascades le long des collines, et se dispersoient ensuite, ou se réunissoient dans un beau
lac, qui présentoit son miroir de crystal à ses rivages émaillés de fleurs et couronnés de myrtes. Les oiseaux formoient un
chœur mélodieux ; et les zéphyrs, portant avec eux les odeurs
suaves des vallons et des bocages, murmuroient entre les feuilles
légèrement agitées, tandis que Pan, dansant avec les Graces
et les Heures, menoit à sa suite un printemps éternel.

(Page 48, vers 18.)

J'en atteste, ô Mouceaux, tes jardins toujours verds.

Le jardin d'hiver de Mgr. le Duc de Chartres est en effet
une véritable féerie. La serre chaude sur-tout est une des plus
belles qu'on connoisse.

(Page 54, vers 14.)

Je t'en prends à témoin, jeune Potaveri.

C'est le nom d'un habitant d'O-Taïti, amené en France

par M. de Bougainville, célebre par plus d'un genre de cou-
rage, et connu si avantageusement, et comme militaire, et
comme voyageur. Le trait que je raconte ici de ce jeune O-
Taïtien est très connu et très intéressant. Je n'ai fait que changer le lieu de la scene, que j'ai placée au jardin royal des plantes.
J'aurois voulu mettre dans mes vers toute la sensibilité qui respire dans le peu de mots qu'il prononçoit en embrassant l'arbre
qu'il reconnut, et qui lui rappelloit sa patrie. C'est O-Taïti,
disoit-il; et, en regardant les autres arbres, Ce n'est pas O-
Taïti. Ainsi ces arbres et sa patrie s'identifioient dans son esprit.

J'ai cru que ce trait, si touchant et si nouveau, pourroit
fournir un épisode heureux.

(Ibid. vers 16.)

Où l'amour sans pudeur n'est pas sans innocence.

On a remarqué dans tous les peuples où la société a fait peu
de progrès, une certaine innocence dans les mœurs, très différente de la réserve et de la pudeur qui accompagnent toujours
la vertu dans les femmes des nations civilisées. Dans l'isle d'O-
Taïti, dans la plupart des autres isles de la mer du sud, à Ma-
dagascar, &c. les femmes mariées croient se devoir exclusive-
ment à leurs maris, et manquent rarement à la fidélité conju-
gale : mais les filles non mariées ne se font aucun scrupule de
se livrer aux goûts même passagers que les hommes leur ins-
pirent. Elles n'y attachent aucune idée de crime, ni même de

honte : elles ne s'assujettissent, ni dans leurs discours, ni dans leurs habillements, ni dans leurs manieres, à ce que nous regardons comme des devoirs pour leur sexe. Mais chez elles c'est simplicité, et non corruption : elles ne méprisent point les regles de la décence ; elles les ignorent. Dans ces pays la nature est grossiere, mais elle n'y est pas dépravée : voilà ce que j'ai essayé de rendre par ce vers.

(Page 62, vers 17.)

Je sais que dans Harlem plus d'un triste amateur
Au fond de ses jardins s'enferme avec sa fleur.

Harlem est une ville de Hollande où se fait un grand commerce de fleurs. On sait à quel degré d'extravagance des amateurs ont porté dans ce genre l'amour de la rareté et des jouissances exclusives.

(Page 64, vers 16.)

Du haut des vrais rochers, sa demeure sauvage,
La nature se rit de ces rocs contrefaits,
D'un travail impuissant avortons imparfaits.

En général, on ne peut bien imiter les rochers, pas plus que tous les grands effets de la nature. Elle ne permet à l'art de tenter ces hardiesses, que lorsqu'il combat avec toutes les ressources du génie et de l'opulence. C'est ainsi que s'est formé, d'après les dessins de M. Robert, le superbe rocher de Versailles, dont l'effet ne peut être deviné que par l'imagination,

qui sait le voir d'avance coiffé de beaux arbres , et orné de ce
que le temps seul peut lui donner de vraisemblance et de beauté.

(Ibid. vers 20.)

Aux champs de Midleton , aux monts de Dovedale,
Whately , je te suis.

Ce sont deux sites d'Angleterre, fameux par les formes pittoresques de leur chaîne de rochers, décrits par M. Whately,
dont j'ai, ainsi que M. Morel dans son charmant Traité des
jardins , emprunté quelques traits , tels que celui de la cabane
et du pont suspendus sur des précipices. Mais j'ai tâché d'ex-
primer d'une maniere qui m'appartînt les sensations que font
naître ces aspects effrayants.

(Page 89 , vers 7.)

Imitez le Poussin.

Ce fameux tableau est sans doute le plus beau des tableaux
de paysages. Si on ne savoit d'ailleurs combien l'imagination
du Poussin s'étoit nourrie des ouvrages des grands poètes
anciens , ce tableau suffiroit pour le prouver. Presque toutes
les odes voluptueuses d'Horace ont le même caractere. Par-
tout , au milieu des fêtes et des plaisirs , il montre la mort
dans le lointain. Hâtez-vous, dit-il ; qui sait si nous vivrons
demain? nous mourrons : il faudra quitter cette belle maison ,
cette femme charmante ; et de tous ces arbres que vous culti-
vez , le seul cyprès suivra son maître, hélas! trop peu durable.

La même philosophie, puisée dans les poètes anciens, dictoit à Chaulieu ces vers pleins d'une si douce mélancolie :

> Muses , qui dans ce lieu champêtre
> Avec soin me fîtes nourrir,
> Beaux arbres, qui m'avez vu naître,
> Bientôt vous me verrez mourir.

Ces contrastes de sensations moitié voluptueuses, moitié tristes, agitant l'ame en sens contraire, font toujours une impression profonde ; et c'est ce qui m'a engagé à jetter, au milieu des scenes riantes des jardins , la vue mélancolique des urnes et des tombeaux consacrés à l'amitié ou à la vertu.

(Page 90, vers 20.)

> Voyez sous ces vieux ifs la tombe où vont se rendre
> Ceux qui, courbés pour vous sur des sillons ingrats,
> Au sein de la misere esperent le trépas.

Dans ces vers , consacrés aux humbles sépultures des habitants de la campagne, j'ai imité quelques vers du Cimetiere de Grai.

(Page 102, vers 11.)

> Mais loin ces monuments dont la ruine feinte
> Imite mal du temps l'inimitable empreinte !

M. de Chabanon, dans une épître fort agréable, écrite en faveur des jardins du genre régulier, a remarqué, avant moi, que les vieux monuments réveilloient des souvenirs ; avantage que n'ont pas les ruines factices. Cette idée se trouve dans d'autres ouvrages, et particulièrement dans celui de M. Whately: et d'ailleurs elle est si naturelle, qu'elle étoit facile à trouver. Peut-être n'étoit-il pas aussi aisé de la bien rendre, sur-tout après M. de Chabanon : mais si je me suis rencontré avec lui, ce que j'ai tâché d'éviter, je répete que ses vers ont été faits avant les miens.

(Page 107, vers 12.)

Toi, sur-tout, brave Cook, &c.

Tout le monde connoît les voyages instructifs et courageux du célebre et malheureux Cook, et l'ordre que fit donner notre jeune Roi de respecter son vaisseau sur toutes les mers ; ordre qui fait un égal honneur aux sciences, à cet illustre voyageur, et au Roi dont il devenoit, pour ainsi dire, le sujet par ce genre nouveau de bienfaisance et de protection.

 **F I N.** 

Cette édition, dont on n'a tiré que 200 exemplaires, a été imprimée, aux frais de l'Auteur, avec les nouveaux caracteres de Franç. Ambr. Didot l'aîné, sur du papier de France, de la fabrique de Matthieu Johannot d'Annonay. Les caracteres des notes ont été gravés, sous François I, par Claude Garamond,

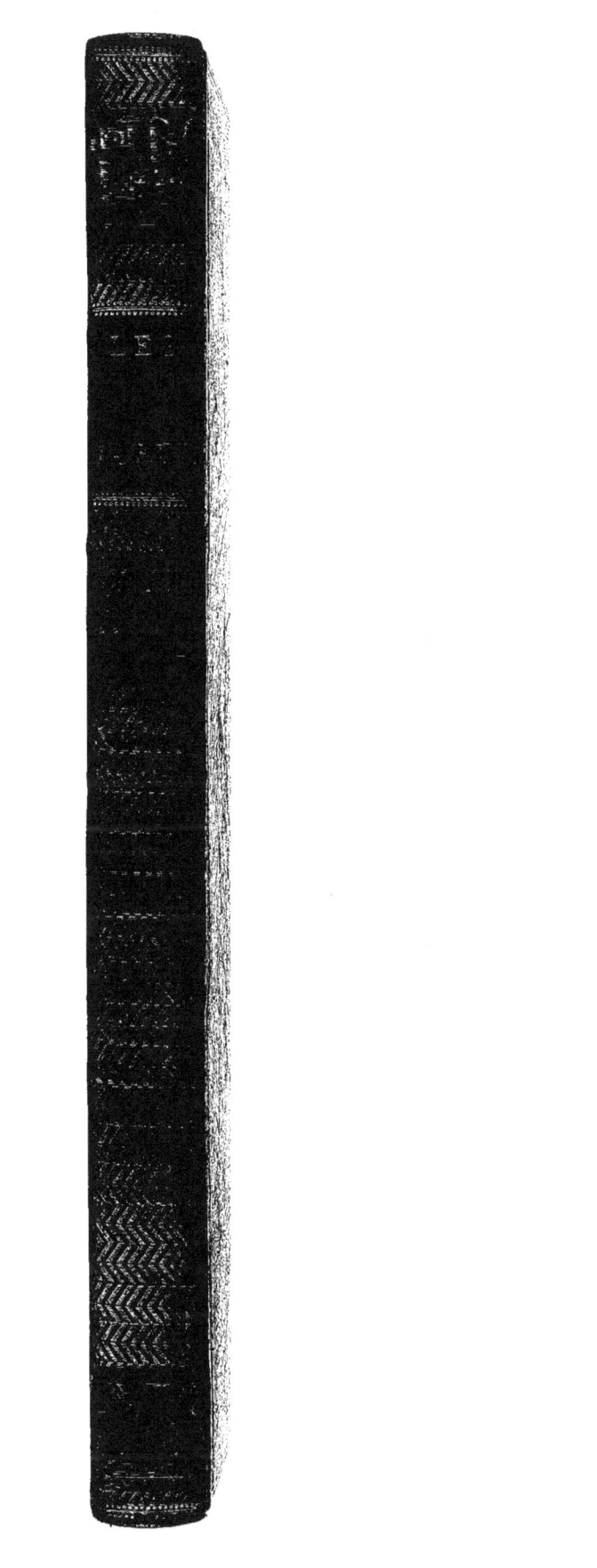